Gerhard Grasmann

Hundefrauen leben gefährlich

Ein Krimi aus dem Bergischen Land

Gerhard Grasmann,

Jahrgang 1961, kaufmännischer Angestellter, lebt mit seiner Familie im Bergischen Land.

Hobby- Autor, „Hundefrauen leben gefährlich" ist das erste veröffentlichte Buch.

Gerhard Grasmann

Hundefrauen leben gefährlich

Ein Krimi aus dem Bergischen Land

Bibliografische Information der Deutschen
Nationalbibliothek:
Die Deutsche Nationalbibliothek verzeichnet diese
Publikation in der Deutschen Nationalbibliografie;
detaillierte bibliografische Daten sind im Internet über
http://dnb.dnb.de abrufbar.

Cover-Gestaltung: Avar Hussein

Herstellung und Verlag:

BoD – Books on Demand, Norderstedt

ISBN: 978-3-7534-4450-5

EINS

»Elfie warte auf mich, Elfie bleib stehen!« Heinz Feldmann stand unter der Dusche und hörte seine Nachbarin Carmen Friedrichs ihren Pudel rufen. Es musste kurz vor sieben Uhr sein und Elfie war auf dem Weg zu ihrem morgendlichen Geschäft. Danach würden sich beide, wie jeden Morgen, mit den anderen Nachbarinnen und deren Hunden unter dem Badezimmerfenster von Heinz Feldmann treffen und dann gemeinsam gegen viertel nach sieben Uhr in den nahen gelegenen Wald mit den Hunden Gassi gehen. Abends gegen achtzehn Uhr traf man sich dann wieder und die Prozedur ging von vorne los. In den letzten Jahren schafften sich immer mehr Nachbarn Hunde an und der Trend zum Zweithund war unverkennbar. Heinz Feldmann hatte mal gelesen, dass es ca. 10 Millionen Hunde in Deutschland gibt und er hatte den Eindruck, dass ein großer Teil davon den Wald zum Gassi gehen aufsuchte. Früher war er oft mit seiner Frau Marlene nach der Arbeit noch eine Runde im Wald spazieren gegangen, aber das war heute nicht mehr möglich, weil die Hunde oft nicht angeleint waren und Spaziergänger zum Teil sogar ansprangen, und Marlene Feldmann hatte Angst vor Hunden. Die Tretminen hier und da waren ein weiteres Problem.

Heinz Feldmann musste sich beeilen, um rechtzeitig im Büro zu sein. Für heute waren Lieferantengespräche für Digitaldrucksysteme geplant, um die Druckerei, die er gemeinsam mit seinem Geschäftspartner Wolfgang Leber führte, auf den technisch neuesten Stand zu bringen. Er hörte von draußen die Stimmen der eintreffenden Nachbarinnen mit ihren Hunden, als die Badezimmertür aufging und Marlene Feldmann sagte »Guten Morgen Schatz, wann bist Du fertig? Ich konnte wieder die ganze Nacht wegen deiner Schnarch - Orgien nicht schlafen und bin dann in den Morgenstunden in mein Büro ausgewandert. Ich brauche jetzt dringend eine Dusche.« Heinz Feldmann antwortete »Tut mir leid, ich beeile mich. Sollen wir zusammen ins Büro fahren?« Marlene antwortete »Nein, ich komme später nach, ihr habt doch heute euer erstes Gespräch mit einem Druckerlieferanten. Die Checkliste für die Kennzahlen, die ich für die Kalkulationen und den Finanzplan brauche, liegt auf meinem Schreibtisch im Büro. Bitte bei jedem Gespräch ausfüllen und dann setzten wir uns nach dem letzten Gespräch zusammen und entscheiden gemeinsam, welche Lieferanten wir zu einem Folgetermin einladen.« Marlene ging und schloss die Badezimmertür hinter sich zu. Heinz Feldmann war mal wieder dankbar für die Toleranz seiner Frau. Schon seit vielen Jahren nutzte sie Ohrstöpsel und ging dann, wenn es zu schlimm wurde, auf die Schlafcouch in ihrem Büro im Obergeschoss. Getrennte Schlafzimmer kamen für beide nicht in Frage und Heinz Feldmann wollte sich auch nicht operieren lassen.

»Na, hat deine Elfie ihr Geschäft schon erledigt?« hörte er Liselotte Reimann mit leichter Ironie fragen. Sie stand schon unter dem Badezimmerfenster und wartete gemeinsam mit Gisela Schmidt auf die anderen Nachbarinnen.

»Du weißt doch, dass Elfie sensibel ist und ihre Ruhe dafür braucht « antwortete Carmen Friedrichs etwas verärgert.

»Da vorne kommen Ingrid und Josepha mit Zeus und Bella« bemerkte Gisela Schmidt und kraulte dabei Balu ihren Münsterländer. »Dann brauchen wir nur noch auf Christiane mit Jette zu warten«, fuhr Gisela Schmidt fort.

»Die kommt entweder wieder fünf Minuten zu spät, oder ist ohne uns losgegangen. Wir warten noch fünf Minuten, dann gehen wir los; mit oder ohne Christiane«, antwortete Liselotte Reimann. Sammy, ihr Golden Retriever, wedelte zustimmend mit seinem Schwanz. Heinz Feldmann hörte seinen Nachbarinnen noch ein wenig bei dem morgendlichen Geschwätz zu, zog sich an, kochte sich anschließend noch einen Café Crema und machte sich dann auf den Weg zur Druckerei. Unterwegs kamen ihm mit Blaulicht Polizei und Krankenwagen entgegen.

»Vermutlich wieder ein Motorradfahrer, der die bergischen Serpentinen nicht gemeistert hat und im Graben oder unter der Leitplanke gelandet ist«, dachte er.

ZWEI

Hermine Hill war auf dem Weg zum Bäcker und freute sich auf das erste Frühstück auf ihrem kleinen Balkon. Sie hatte die erste Nacht in ihrer neuen, kleinen Wohnung geschlafen, noch eine Woche Urlaub vor sich und heute ihren zweiunddreißigsten Geburtstag. Am Nachmittag würde sie für zwei Tage nach Hause zu ihren Eltern fahren. Eigentlich ein perfekter Tag, wenn der Grund für die neue Wohnung nicht die Trennung von ihrem Freund Lukas gewesen wäre. Ihren Eltern hatte sie noch nichts gesagt. Beim Bäcker kaufte sie sich ein Schokocroissant und ein Müslibrötchen und machte sich auf den Rückweg zur Wohnung, als das Handy klingelte. Auf dem Display erschien der Name ihres Chefs und Hermine freute sich, dass er ihren Geburtstag nicht vergessen hatte; sie nahm das Gespräch an.

»Guten Morgen Hermine, ich hoffe du hast den Umzug gut überstanden. Ich brauche deine Hilfe, wir haben eine Leiche im Bergischen Land«, sagte Hans Steiner, der Leitende Hauptkommissar. »Guten Morgen Hans, du weißt, ich habe noch eine Woche Urlaub und soweit ich gehört habe, sind alle anderen Kollegen der Abteilung momentan verfügbar«, antwortete Hermine etwas ärgerlich. »Das stimmt. Allerdings gab es gestern Abend in Köln einen Rockerkrieg mit Schwerverletzten und drei Toten. Die ganze Abteilung ist auf den Beinen. Du bist, abgesehen davon, die optimale Ermittlerin für den Fall«, antwortete Hans Steiner.

»Ok«, antwortete Hermine »und warum bin ich die optimale Ermittlerin für diesen Fall? «

»Es gibt eine Frauenleiche im Waldgebiet von Wermelskirchen im Ortsteil Dhünn. Birgit Hübner von der Pathologie und Björn Freitag von der Spurensicherung sind schon unterwegs.«

»Vor Ort sind drei Kollegen von der Polizeiwache Burscheid, die dich auch bei den Ermittlungen unterstützen, weiteres Personal aus Köln kann ich momentan nicht entbehren. Richtet euch vor Ort ein provisorisches Büro für die Ermittlungen ein und melde dich morgen früh mit einem ersten Bericht. Fundort und weitere Infos bekommst du in wenigen Minuten per E-Mail.« Hans Steiner beendete das Gespräch.

Hermine war fassungslos, der Fundort der Leiche war in ihrem Heimatort, in Dhünn. Dies konnte von Vor-, aber auch von Nachteil für die Ermittlungen sein. In der Wohnung angekommen, trank sie noch schnell einen Kaffee im Stehen, die Brötchen würde sie auf der Fahrt essen. Sie packte noch ein paar Anziehsachen zusätzlich in ihre Tasche, denn aus ursprünglich zwei Tagen bei ihren Eltern würden bestimmt mehr werden. Wenigstens ihre Eltern würden sich freuen.

DREI

Hermine biss verärgert in ihr Brötchen, sie war mit ihrem Mini auf dem Weg zum Fundort. Vorher war sie noch in der Kölner Polizeizentrale gewesen und hatte ihren Dienstlaptop und ihre Dienstpistole abgeholt. Von ihren Kollegen hatte sie niemanden gesehen, die waren wohl alle am Tatort in der Kölner Innenstadt. Hermine war aber auch aufgeregt und ein wenig stolz auf ihren ersten eigenen Fall.

In der E-Mail von ihrem Chef waren Angaben zum Fundort und erste Informationen zur Toten. Der Name sagte ihr nichts, der Fundort war in der Nähe der Hofschaft Oberheide, hier war Hermine früher schon mal mit ihren Eltern spazieren gegangen. Ansonsten kannte sie aber niemanden von dort. Das Handy klingelte und Hermine betätigte die Freisprecheinrichtung im Auto, »Hermine, herzlichen Glückwunsch und alles Gute zum Geburtstag. Es tut mir sehr leid, dass ich dir deinen Geburtstag und Urlaub vermiest habe. Ich wünsche dir viel Erfolg«, kam die verlegene Stimme von Hans Steiner aus dem Lautsprecher. »Danke für die Glückwünsche, ich bin jetzt auf dem Weg zum Fundort und melde mich wie besprochen morgen früh. Ist schon jemand aus der IT-Abteilung unterwegs, um das provisorische Büro zu verkabeln«, entgegnete Hermine. »Das werde ich noch veranlassen«, antwortete Steiner und legte auf.

Hermine rief ihre Mutter an und informierte sie, dass sie erst gegen Abend kommen, dafür aber ein paar Tage länger bleiben würde. Ihre Mutter war wie zu erwarten hellerfreut.
Auf dem Weg zum Tatort musste Hermine an ihre Kindheit denken, sie war in Dhünn, einem kleinen Dorf, aufgewachsen, dort in den Kindergarten gegangen und später in die Grundschule.

Den Kindergarten gab es noch, die Grundschule wurde vor einigen Jahren mit der Grundschule im Nachbardorf Dabringhausen zusammengelegt.

In der Stadt Wermelskirchen, zu der die Ortsteile Dhünn und Dabringhausen gehören, hatte sie das städtische Gymnasium besucht und dann ihre Polizeiausbildung gestartet.

Ihre Eltern hatten ihr und ihrem Bruder Roland eine behütete Kindheit ermöglicht; sie waren oft gemeinsam im Umland von Dhünn gewandert oder Fahrrad gefahren. Roland spielte im örtlichen Fußballverein und Hermine besuchte den Judoverein.

Nach der Polizeiausbildung wollte Hermine raus aus der ländlichen Idylle und bewarb sich bei der Kriminalpolizei in Köln. Das absolute Gegenteil von Ruhe, Friede und Geborgenheit, aber dafür hatte Köln kulturell viel zu bieten, im Sommer konnte man an den Rheinterrassen gemütlich mit Freunden zusammensitzen und feiern. Es gab Museen, Theater und mehrere Kinos und eine kulinarische Vielfalt, die keine Wünsche offenließ.

Hermine war froh, diesen Schritt gemacht zu haben und war auch in rund dreißig Minuten Fahrzeit mit dem Auto Zuhause, wenn ihre Eltern sie brauchten oder sie selbst Heimweh hatte.

V I ER

Hermine befuhr den schmalen asphaltierten Waldweg zum Fundort der Leiche. Von weitem konnte sie schon mehrere Polizeifahrzeuge und einen Krankenwagen mit Blaulicht erkennen. Vor dem Absperrband stoppte sie den Wagen und wurde von einem Polizisten angesprochen »Ich bin Oberkommissar Peter Zabel, sind sie die Kollegin von der Mordkommission aus Köln?« Hermine musterte ihren Kollegen, sie schätzte ihn auf Anfang vierzig. Er sah sportlich aus und hatte kurze, dunkelblonde Haare, einen kleinen Oberlippenbart und war geschätzte eins neunzig groß.

»Das ist richtig, ich bin Oberkommissarin Hermine Hill. Können Sie mir schon etwas über die Tote und den Tathergang sagen?« Peter Zabel öffnete sein Notizbuch »Die Tote heißt Christiane Hallmann, 41 Jahre. Sie hat eine Schusswunde und wurde von ihren Nachbarinnen, die mit ihren Hunden Gassi gingen, gegen halb acht Uhr gefunden. Frau Hallmann hatte auch einen Hund dabei, einen Terrier namens Jette, ebenfalls erschossen. Meine Kollegen, Polizeikommissarin Monika Kurze und Polizeikommissar Paul Strawinski, und ich sind Ihnen als Unterstützung zugeteilt.«

»Vielen Dank« antwortete Hermine, » ich möchte mir erst mal den Fundort und die Leiche von Frau Hallmann anschauen. Können wir uns in einer Viertelstunde an ihrem Streifenwagen zu einer ersten Besprechung treffen?«

»Ich sage meinen Kollegen Bescheid und wir treffen uns dann am Wagen« antwortete Peter Zabel. Er sah Hermine nach, wie sie hinter die Absperrung ging. Er schätzte sie auf Anfang dreißig. Ihr durchtrainierter, schlanker Körper passte sich dem Jeans Outfit perfekt an und ihre langen blonden Haare hatte sie zu einem Haarknoten zusammengebunden.

Sie machte auf Peter Zabel auf Anhieb einen sympathischen Eindruck.

Hermine ging zum Fundort der Leiche und sprach die Pathologin Birgit Hübner an, die anscheinend gerade mit der ersten Leichenschau fertig war und noch neben der bereits zugedeckten Toten hockte. »Hallo Birgit, kannst du mir schon etwas zu den Todesumständen sagen?«

Hermine kannte Birgit Hübner schon seit sie in Köln bei der Mordkommission angefangen hatte. Birgit sah mit ihren fünfzig Jahren noch sehr gut aus und war mit Herz und Seele bei der Arbeit. Sie war äußerst gewissenhaft und aufgrund ihrer Obduktionsergebnissen hatten sie schon so manchen Mörder überführen können.

»Hallo Hermine, die Tote, Frau Hallmann, hat einen Kopfschuss und der Tod wird zwischen sechs und halb acht Uhr heute Morgen eingetreten sein. Aufgrund der Verletzung und dem Zustand der Leiche gehe ich davon aus, dass dies hier auch der Tatort ist. Genauere Informationen nach der Obduktion«, antwortete Birgit Hübner.

»Ich gehe von Fremdeinwirkung aus, es wurde keine Waffe und auch keine Patronenhülsen am Tatort gefunden«, schaltete sich Björn Freitag, der Spurenermittler in das Gespräch ein.

Björn Freitag war schon über 30 Jahre im Polizeidienst und bereitete sich schon gedanklich auf seine Pensionierung in wenigen Jahren vor, um dann mit seiner Frau die Welt zu bereisen.

»Birgit, kannst du das Leichentuch mal wegnehmen, ich möchte mir die Schussverletzung noch genauer ansehen.« Birgit Hübner entfernte das Leichentuch und Hermine trat überrascht einen Schritt zurück, als sie Christiane Hallmann tot auf dem Rücken vor sich liegen sah. »Das sieht wie eine Hinrichtung aus, die Schussverletzung ist ja mitten auf der

Stirn und man kann noch Schmauchspuren rund um das Einschussloch erkennen.«

»Du hast recht Hermine, das sieht wie eine Hinrichtung aus und das Projektil ist am Hinterkopf ausgetreten«, antwortete Birgit Hübner. »Der Hund von Frau Hallmann wurde ebenfalls erschossen, das Projektil ist auch ausgetreten und liegt irgendwo im Waldboden. Überhaupt ist die Spurenlage total chaotisch, weil die Hunde der Frauen, die die Leiche gefunden haben, alles am Tatort zertrampelt haben«, ergänzte Björn Freitag, der Zentimeter um Zentimeter den Tatort nach Spuren absuchte.

»Hatte Frau Hallmann ein Handy bei sich?« hakte Hermine nach.

»Ja, das Handy habe ich sichergestellt, Fingerabdrücke entnommen und mit dem Zeigefinger der Toten entsperrt. Du kannst es jetzt direkt zur weiteren Auswertung nutzen«, entgegnete Björn Freitag und übergab Hermine das Handy der Toten.

»Vielen Dank für die ersten Informationen. Birgit, schick mir das Ergebnis der Obduktion bitte per E-Mail und Björn, sichere so viele Spuren wie möglich und finde bitte die beiden Projektile«, verabschiedete sich Hermine von ihren Kollegen und ging zum Treffpunkt am Polizeiwagen.

Dort wartete bereits Peter Zabel mit zwei weiteren Kollegen, einer Polizistin und einem Polizisten. Beide sahen noch recht jung aus und hatten ihre Ausbildung wohl erst vor kurzem abgeschlossen. Die Polizistin hatte kurzes dunkelbraunes Haar, ein hübsches und freundliches Gesicht und war zirka eins fünfundsiebzig groß. Ihr Kollege war einen Kopf größer und die roten Haare passten zu dem verschmitzt lächelnden Gesicht mit den vielen Sommersprossen. Die beiden jungen Polizisten saßen in der offenen Heckklappe des Polizeikombi. Peter Zabel stand daneben und beendete gerade ein Telefonat.

FÜNF

»Guten Morgen zusammen! Entschuldigen Sie bitte meine Verspätung, ich bin Oberkommissarin Hermine Hill vom Kölner Morddezernat. Sie müssen Polizeikommissarin Monika Kurze und Polizeikommissar Paul Strawinski sein, Herrn Zabel habe ich bereits vorhin kennengelernt. Vielen Dank, dass sie mich bei den Mordermittlungen unterstützen. Wenn sie nichts dagegen haben, schlage ich vor, dass wir uns einfachheitshalber mit dem Vornamen anreden. Können Sie mir bitte kurz ihren Ermittlungsstand mitteilen.«

Peter Zabel fing an. »Um 7:35 Uhr ging der Notruf der Nachbarinnen ein. Wir drei sind dann sofort hierhergefahren und waren als erste vor Ort. Wir haben den Tatort abgesperrt, Kriminaltechnik und Mordkommission verständigt. Weitere Kollegen sind dann dazugekommen und haben die Region um den Tatort weiträumig abgesperrt.«

»Dann haben wir die Personalien der Nachbarinnen aufgenommen und eine erste Befragung durchgeführt, ob sie etwas Verdächtiges gehört oder gesehen haben. Leider bei allen Befragten bisher negativ«, ergänzte Monika Kurze.

»War Christiane Hallmann verheiratet, Freund, Familie? Wurde schon jemand verständigt?« hakte Hermine nach.

»Den Ehemann, Klaus-Peter Hallmann haben die Kollegen zu Hause nicht angetroffen. Die Handy-Nummer ist nicht bekannt. Laut Aussage der Nachbarinnen arbeitet Herr Hallmann im Außendienst«, antwortete Peter Zabel.

»Gut so weit, ich habe das Handy von Frau Hallmann und werde ihren Ehemann kontaktieren. Monika, bitte befragen Sie die Nachbarinnen noch einmal, ob sie zwei Schüsse zwischen sechs und halb acht Uhr heute früh gehört haben.«

» Danach können die Damen mit ihren Hunden vorerst nach Hause gehen. Fahren Sie bitte anschließend nach Oberheide und befragen sie die anderen Nachbarn nach Schüssen im Wald und ob man sonst etwas Auffälliges gesehen hat oder ob jemand mitbekommen hat, wann Frau Hallmann heute Morgen mit ihrem Hund das Haus verlassen hat. Paul, Sie bleiben bitte hier am Tatort, bis die Kollegen fertig sind. Wir treffen uns dann gegen fünfzehn Uhr in unserer provisorischen Einsatzzentrale in Dhünn, um die ersten Ergebnisse besprechen zu können. Die Adresse folgt noch telefonisch.«

»Die Adresse habe ich schon«, unterbrach Peter Zabel Hermine » Im Altbau der Grundschule in Dhünn haben wir zwei Räume bekommen, der IT-Techniker aus Köln hat bereits mit der Installation von Rechnern, Bildschirmen und Telekommunikation begonnen. Da die Grundschulen in Dhünn und Dabringhausen schon vor Jahren zusammengelegt wurden und nur noch sporadisch in Dhünn unterrichtet wird, können wir dort ruhig arbeiten.«

»Danke für die Info Peter. Wir beide versuchen jetzt den Ehemann zu erreichen und sprechen dann nochmal mit der Spurensicherung«, entgegnete Hermine.

Hermine nahm das Handy von Christiane Hallmann und suchte unter den Kontakten nach Klaus-Peter und fand daneben noch den Zusatz Firma. Sie tippte auf die angezeigte Mobilfunknummer und nach ein paar Sekunden hörte sie das Freizeichen, dann wurde das Gespräch angenommen.

»Hallo Schatz, schön dass du anrufst, was gibt es?«

»Bin ich verbunden mit Klaus-Peter Hallmann? Hier spricht Oberkommissarin Hermine Hill.« Am anderen Ende der Leitung war für einige Sekunden totale Stille, dann kam die Antwort »Ja, hier ist Klaus-Peter Hallmann, wieso haben Sie das Handy meiner Frau, was ist passiert, geht es ihr gut?«

»Herr Hallmann, wo befinden Sie sich gerade, können Sie kurzfristig nach Hause kommen? Ich erwarte Sie dann hier und erkläre Ihnen alles«, antwortete Hermine. »Ich bin in Düsseldorf, auf dem Weg zu meinem nächsten Kundentermin. Ich kann in einer Stunde zu Hause sein, aber was ist bitte schön passiert, wo ist meine Frau, wie geht es ihr?«

» Ok, dann sehen wir uns in einer Stunde bei Ihnen zu Hause« antwortete Hermine und beendete das Telefonat. Sie konnte ihm unmöglich am Telefon die Wahrheit sagen, womöglich fuhr er gerade mit dem Auto und hätte vor Schreck noch einen Unfall gebaut.

SECHS

Hermine ging mit Peter Zabel zum Tatort »Na, hast du noch brauchbare Spuren gefunden? Sind die beiden Projektile aufgetaucht?«

»Alter Mann ist kein D-Zug« antwortete Björn Freitag grinsend. »Die Spurenlage ist eine Katastrophe, überall Hundehaare, alles zertrampelt, Fußspuren sind somit keine brauchbaren vorhanden. Das Projektil, das den Hund getötet hat, konnte ich sicherstellen, allerdings total deformiert. Geht heute noch ans LKA Düsseldorf, hoffentlich können die noch das Kaliber ermitteln. Das andere Projektil des Kopfdurchschusses konnte ich noch nicht finden. Morgen früh bekommst du einen vorläufigen Bericht von mir per E-Mail.«

Hermine und Peter Zabel bedankten sich bei Björn Freitag und fuhren mit Hermines Mini zur Adresse von Christiane und Klaus-Peter Hallmann.

Für Peter Zabel war die Fahrt im Mini mit knapp zwei Meter Körpergröße eine Herausforderung.

Sie klingelten vergeblich an der Haustür von Hallmanns und setzten sich wieder in Hermines Wagen.

»Hermine, haben Sie sich schon ein Hotelzimmer gebucht oder fahren Sie noch heute Abend nach Köln zurück?«

»Weder noch, auch wenn es sich komisch anhört, aber ich bin in Dhünn geboren und übernachte die nächsten Tage bei meinen Eltern in der Goldstrasse. Nach dem Abitur habe ich meine Ausbildung bei der Polizei angefangen und bin nach meinem Abschluss in Köln hängengeblieben und von Zuhause ausgezogen. Meine Eltern haben das Haus danach umgebaut und mir eine kleine Einliegerwohnung eingerichtet, damit ich möglichst oft zur Übernachtung nach Hause kommen kann.«

»Und wie sieht es bei Ihnen aus, Peter?«

»Ich bin in Wuppertal geboren und aufgewachsen, nach meiner Polizeiausbildung habe ich bei der Polizeiwache in Burscheid angefangen, meine große Liebe kennengelernt und wohne mit Frau und zwei Kindern außerhalb von Leichlingen. Dhünn kenne ich nur von gelegentlichen Streifeneinsätzen, meistens zur Kirmes.«

Ein SUV bog von der Hauptstraße nach Oberheide ein und blieb vor dem Haus der Halmmanns stehen. Ein Mann, Mitte vierzig, stieg aus und blieb vor dem Mini von Hermine stehen. Hermine und Peter Zabel stiegen aus und stellten sich vor.

»Können Sie mir jetzt bitte sagen was mit meiner Frau geschehen ist?« fragte Klaus-Peter Hallmann. »Lassen Sie uns ins Haus gehen, dann sind wir ungestört« antwortete Hermine und alle drei gingen ins Haus und setzten sich ins Wohnzimmer der Hallmanns.

Hermine musterte Herrn Hallmann unauffällig. Er wirkte verständlicherweise nervös und fuhr sich alle paar Sekunden durch die braunen, mittellangen Haare. Er machte ansonsten einen sehr netten und freundlichen Eindruck und hatte eine angenehme Stimme.

»Herr Hallmann, wir müssen Ihnen leider die traurige Nachricht überbringen, dass Ihre Frau heute Morgen auf einem Waldweg nicht weit von hier tot aufgefunden wurde.
Wir gehen von einem Mordfall aus. Unser aufrichtiges Beileid. Ihr Terrier wurde ebenfalls tot neben der Leiche Ihrer Frau gefunden.«

Hallmann saß in seinem Sessel und geriet in eine Art Schockstarre und rang nach Fassung. Nach zwei, drei Minuten war er wieder in der Lage zu sprechen »Wie ist Christiane gestorben, wer war es, wo genau ist es passiert?«

SIEBEN

»Ihre Frau wurde gegen halb acht an der Weggabelung nach Niederheide von Ihren Nachbarinnen auf der morgendlichen Gassi-Runde gefunden. Sie wurde erschossen, ein Täter konnte bisher noch nicht ermittelt werden. Entschuldigen Sie bitte, aber wir müssen Ihnen leider noch ein paar Fragen stellen. Fühlen Sie sich dazu jetzt in der Lage?«

»Es geht schon, bitte fragen Sie.«

»Wann haben Sie Ihre Frau zuletzt gesehen?«

»Das war kurz vor sechs heute früh. Ich war auf dem Weg zum Badezimmer und meine Frau kam mir mit Jette, unserem Terrier entgegen. Sie hatte wohl schlecht geschlafen und wollte schon mal eine Runde mit Jette gehen.«

»Ging Ihre Frau jeden Morgen allein um diese Zeit mit dem Hund raus?«

»Nein, normaler Weise traf Sie sich gegen viertel nach sieben am Waldeingang vor Feldmanns Haus mit den anderen Nachbarinnen und deren Hunden zum Gassi gehen. Heute war eher die Ausnahme, kam aber meistens dann vor, wenn Christiane nachts schlecht geschlafen hatte.«

»Hatte Ihre Frau oder Sie beide gemeinsam irgendwelche Feinde, Neider oder vor kurzem mit jemanden einen heftigen Streit?«

»Weder noch, kein Streit, keine Feinde, keine Neider und auch wenn Sie noch nicht gefragt haben, auch keine Geliebten.«

»Was machen Sie und Ihre Frau beruflich?«

»Ich arbeite in einer Unternehmensberatung für mittelständische Unternehmen überwiegend in NRW und meine Frau war Art Direktor bei einer Werbeagentur in Düsseldorf.«

»Sie hatte sich als Freelancerin vor vier Jahren selbstständig gemacht. Wir wollten gerne Kinder haben und sie hätte dadurch mehr Ruhe und Zeit gehabt. Leider hat es mit Kindern bei uns nicht funktioniert.«

»Was macht eine Freelancerin?« fragte Peter Zabel nach.

»Ich bin mir da auch nicht ganz sicher, aber soweit ich weiß, hat Christiane auf Honorarbasis Werbeagenturen und auch große Industriefirmen bei einzelnen Werbekampagnen beraten.«

»Könnte es dadurch zu Problemen mit Kunden oder Wettbewerbern gekommen sein?« hakte Hermine weiter nach.

»Das kann ich mir nicht vorstellen, in den letzten Wochen hat Christiane nur noch sehr kleine Projekte betreut und war leider auch mit ihrer Arbeit immer unzufriedener.«

»Eine letzte Frage für heute, Herr Hallmann, wo waren Sie heute Morgen zwischen sechs und halb acht Uhr?«

»Wie ich schon sagte, ich bin um sechs ins Badezimmer, habe geduscht, und mich angezogen. Ich habe um kurz vor sieben noch eine Tasse Kaffee im Stehen getrunken und bin dann um kurz nach sieben Uhr zu meinem ersten Kundentermin nach Münster gefahren. Um neun Uhr hatte ich dort meinen Termin.«

Hermine bedankte sich bei Herrn Hallmann für das Gespräch, ließ sich noch die Kontaktdaten des Firmenkunden in Münster geben und nahm den Laptop von Christiane Hallmann mit.

Auf dem Rückweg zur Einsatzzentrale in der Grundschule fragte Peter Zabel »Glauben Sie, dass Herr Hallmann seine Frau umgebracht haben könnte?«

»Auf den ersten Blick glaube ich das nicht. Aber wer so eine Art Hinrichtung inszeniert, geht meiner Meinung nach professionell und strukturiert vor, strukturiertes Vorgehen benötigt man allerdings auch bei der Beratung von Unternehmen.«

»Da ist was dran, ich überprüfe morgen den Termin in Münster.«

Peter Zabel hatte bei dem Gespräch mit Herrn Hallmann Hermine beobachtet. Sie hatte von Anfang an das Gespräch souverän geführt und mit viel Fingerspitzengefühl erste Informationen von Herrn Hallman erhalten. Sie hatte eine sehr ruhige und angenehme Stimme, ließ sich aber durch Zwischenfragen nicht aus dem Konzept bringen. Peter Zabel war froh, dass Hermine den Fall übertragen bekommen hatte. Er hatte schon mit anderen Ermittlern zusammengearbeitet, die weniger einfühlsam bei den Zeugenbefragungen vorgegangen waren.

ACHT

Die Räumlichkeiten der provisorischen Einsatzzentrale bestanden aus zwei gegenüberliegenden Klassenzimmern im Altbau der Grundschule. Das größere Klassenzimmer diente als Großraumbüro für Hermine und ihre Kollegen, das kleinere Klassenzimmer als Vernehmungsraum. Der Altbau hatte einen eigenen Zugang. Sollte die Schule für den einen oder anderen Tag dennoch genutzt werden, waren die Schüler im Neubau untergebracht und störten somit niemanden.

Der Hausmeister hatte noch aus der naheliegenden Mehrzweckhalle große Tische und Stühle herangeschafft, auf Dauer wäre das Schulmobiliar der Erstklässler doch zu unbequem geworden.

Monika Kurze und Paul Strawinski waren gerade dabei ihre Schreibtische zu bestücken, als Hermine mit Peter Zabel eintraf. Hermine fielen sofort die alten Bilder, zum Teil nur schwer zu erkennende Motive, mit Wasserfarben gemalt, an den Wänden auf. Alte Stundenpläne, eine große Landkarte von Europa, auf der Wandtafel noch Kreidereste, als ob die Zeit stehen geblieben wäre. Hermine löste sich von dem Gedanken, hier vor vielen Jahren selbst zur Schule gegangen zu sein, und ergriff das Wort.

»Ich fasse mal kurz die vorliegenden Fakten zusammen. Christiane Hallmann, 41 Jahre, verheiratet mit Klaus-Peter Hallmann, kinderlos, wurde heute Morgen um halb acht von den Nachbarinnen an der Weggabelung nach Niederheide mit einem Kopfschuss tot aufgefunden«, Hermine heftete ein Bild der Toten an die Tafel und fuhr fort »Die Schusswunde auf der Stirn ist so platziert, als ob es sich um eine Hinrichtung handelt. Der Hund wurde ebenfalls erschossen. Tatwaffe und Projektilhülsen wurden nicht gefunden. Das Projektil, das den Hund durchschlagen hat, ist in der KTU.«

»Laut Herrn Hallmann gibt es weder Feinde noch Neider oder Geliebte. Herr Hallmann hat kurz nach sieben Uhr das Haus verlassen und ist zu einem Kunden nach Münster gefahren. Der Todeszeitpunkt von Frau Hallmann liegt zwischen sechs und halb acht Uhr, Näheres erfahren wir nach der Obduktion. Monika, können sie uns bitte noch ihre Ergebnisse der Befragung der Nachbarn mitteilen.«

»Ich haben die Nachbarinnen befragt, die Frau Hallmann gefunden haben, die restlichen Nachbarn von Oberheide, sowie die Einwohner von Niederheide und Unterheide. Es gab zwei Schüsse, wobei die Aussagen von kurz vor bis kurz nach sieben variieren.« berichtete Monika Kurze.

»Im Wald wird des Öfteren nach Wildschweinen gejagt, die Leute nehmen Schüsse kaum noch wahr«, ergänzte Paul Strawinski.

»Danke« entgegnete Hermine. »Ihre Berichte benötige ich zeitnah, morgen um acht zur Besprechung«, Monika, könnten Sie mir bitte noch zusätzlich eine Skizze von Oberheide mit allen Häusern und Bewohnern anfertigen. Und die Bewohner kennzeichnen, mit denen Sie bereits gesprochen haben.«

»Und Paul, Sie möchte ich bitten, sich morgen früh ab halb sechs in der Nähe des Tatortes aufzuhalten, vielleicht finden Sie ja noch weitere Zeugen, Hundebesitzer, die heute Morgen vielleicht auch im Wald waren.«

»Peter, könnten Sie bitte noch eine Hintergrund-Recherche von Familie Hallmann machen. Weitere Familienangehörige, eventuelle Vorstrafen, Anzeigen etc.«

»Ich werde mir das Handy und den Laptop der Toten vornehmen. Wir sehen uns dann morgen früh. Und nochmals vielen Dank für Ihre Unterstützung. Ich finde, der erste gemeinsame Tag hat sehr gut geklappt.«

Hermine schnappte sich Handy und Laptop der Toten und fuhr zu ihren Eltern.

NEUN

Es war halb sieben morgens, Hermine lag wach in ihrem Bett und musste an den gestrigen Tag denken. Gegen siebzehn Uhr war sie bei ihren Eltern eingetroffen und wurde wie jedes Jahr mit einem Geburtstagstisch empfangen, Blumen von ihrem Vater, Geburtstagstorte, Kerze und liebevoll ausgesuchte Geschenke. In dieser Hinsicht war Familie Hill schon etwas aus der heutigen Art geschlagen, viele verpackte Geschenke zu Geburtstag und Weihnachten, jede Kleinigkeit wurde schön verpackt und es war immer wieder schön den anderen zuzusehen, wenn die Überraschung gelungen war.

Die Trennung von Lukas und den Umzug in eine eigene Wohnung hatte sie auch gebeichtet, worüber ihre Eltern etwas enttäuscht waren. Sie hatten Lukas sehr gerne und Hermines Vater hätte ihr auch gerne beim Umzug und der Renovierung der neuen Wohnung geholfen. Bei den Hintergründen zur Trennung hatte Hermine nur die halbe Wahrheit gesagt. Es stimmte zwar, dass ihr Beruf als Polizistin die Beziehung aufgrund der unregelmäßigen Arbeitszeiten belastete. Sie hatte ihren Eltern aber verschwiegen, dass Lukas sich in ihrer Abwesenheit häufiger mit der neuen Nachbarin getroffen hatte. Lukas hatte ihr gegenüber immer wieder beteuert, dass mit der Nachbarin nichts lief, aber die berufsmäßige Skepsis und das überraschende Angebot, als Nachfolgerin einer Kollegin kurzfristig deren Wohnung zu mieten, hatte Hermine zur Trennung bewogen. Lukas war überrascht und traurig, hatte ihr aber dennoch beim Umzug geholfen und ihr prophezeit, dass sie selbst noch dahinterkommen würde, dass er mit der Nachbarin nichts hatte.

Zum Geburtstagsabendessen waren noch ihr Bruder Roland und ihre Großeltern gekommen und gegen elf Uhr war Hermine dann in ihre Einliegerwohnung gegangen.

Die Auswertung von Christiane Hallmanns Handy und ihrem Laptop hatte nichts Besonderes ergeben. Im E-Mail-Verlauf und bei den WhatsApp-Nachrichten von Kunden und Freunden war nichts Auffälliges, keine Hinweise auf feindselige Menschen oder Liebhabern. Besuchte Internet-Seiten waren eher frauentypisch Mode, Online-Shops und alles zum Thema Werbung und Marketing.

Hermines Handy klingelte, auf dem Display erschien der Name ihres Chefs, Hermine nahm das Gespräch an.

»Guten Morgen Hermine, danke für deinen Bericht, aber eigentlich solltest du gestern Abend deinen Geburtstag feiern«

»Das habe ich auch, ich hatte zwischen Geschenke auspacken und Abendessen eine Stunde Zeit und habe diese genutzt. Handy und Laptop von Christiane Hallmann konnte ich auch auswerten, ich habe nichts Verwertbares gefunden. Die Kontakte vom Handy habe ich auch ausgedruckt. Ich schicke dir beide Geräte zu. Könntest Du die IT bitten, nach versteckten und gelöschten Dateien zu suchen?«

»Das mache ich. Das Obduktionsergebnis ist gerade hereingekommen, der Todeszeitpunkt war gegen sieben Uhr.«

»Das deckt sich mit den Zeugenaussagen aus den Hofschaften rund um den Tatort, gegen sieben Uhr wurden zwei Schüsse gehört« entgegnete Hermine.

»Ok, dann weiter viel Erfolg. Wie sind eigentlich die zugeteilten Kollegen vor Ort?«

»Alle drei sehr nett und professionell, ich glaube wir sind ein gutes Team.«

»Halte mich bitte auf dem Laufenden, bis dann«, beendete Hans Steiner das Gespräch.

Hermine las den Obduktionsbericht und schaute sich die Fotos der Toten an. Christiane Hallmann war eine hübsche, schlanke Frau gewesen. Sie hatte langes schwarzes Haar und war etwas kleiner als ihr Mann. Sie hatte feine Gesichtszüge, die auf den Fotos allerdings sehr verbissen wirkten. Ob dies wohl immer so war oder nur aufgrund ihres Todes, wollte Hermine noch herausfinden.

Hermine stand auf, eilte unter die Dusche, zog sich an und ging zu ihrer Mutter in die Küche. Die deckte gerade den Frühstückstisch. Hermine schüttete sich im Stehen eine Tasse Kaffee ein und machte Anstalten zu gehen.

»Guten Morgen Hermine«, begrüßte Veronika Hill ihre Tochter. »Du wolltest doch wohl nicht ohne ein Wort das Haus verlassen? Setz dich kurz hin, dein Vater war schon beim Bäcker und hat deine Lieblingsbrötchen geholt, dazu gibt es noch ein gekochtes Ei.«

»Entschuldige Mutti, ich war ganz in Gedanken. Guten Morgen, aber ich muss mich beeilen.«

»Keine Widerrede, dein Tag ist lang und ein gutes Frühstück hat noch niemandem geschadet. Setz Dich hin und fang schon mal an.«

Hermine sah ein, dass Widerspruch zwecklos war und setzte sich an den Tisch. »Mutti, kanntest du Christiane Hallmann?«

»Sie war bei mir in der Aerobic Gruppe vom Turnverein. Kennen ist zu viel gesagt, wir haben das ein oder andere Wort gewechselt und auf den gemeinsamen Ausflügen mal einen Sekt zusammen getrunken. Nette, sympathische junge Frau. Habt ihr schon den Täter oder einen Verdächtigen?«

»Nein, weder noch, aber selbst wenn, du weißt, ich darf nichts sagen. Kennst du denn auch den Ehemann von Christiane Hallmann?«

»Nein, nur vom Sehen und selbst wenn, ich tratsche nicht gerne über andere Leute«, kam die prompte Retourkutsche von Veronika Hill.

Hermine stellte keine weiteren Fragen und genoss das Frühstück. Wenn ihre Mutter in den Angriffsmodus wechselte, war es besser erst mal nichts zu sagen. Ihr Vater war da schon etwas gemütlicher und verständnisvoller. Allerdings konnte er auch schnell mal toben, wenn etwas nicht so lief wie er es sich vorgestellt hatte. Beide waren noch berufstätig und Hermine war jetzt schon sehr gespannt, ob das Rentnerleben den beiden später gut bekommen würde.

ZEHN

Hermine betrat um acht Uhr die Einsatzzentrale in der Grundschule, Peter Zabel und Monika Kurze saßen bereits an ihren Schreibtischen. »Guten Morgen Zusammen, gibt es schon etwas Neues?« fragte Hermine als sie den Raum betrat.

»Guten Morgen Hermine, bisher nichts Bedeutendes,« antwortete Peter Zabel und fuhr fort »Christiane Hallmann hat noch einen Bruder, der in den USA lebt, die Eltern sowohl von Christiane als auch von Klaus-Peter Hallmann sind schon seit einigen Jahren tot. Bis auf kleinere Geschwindigkeitsübertretungen mit dem Auto gibt es keine polizeilichen Eintragungen oder ähnliches. Die Münsteraner Firma hat den gemeinsamen Termin um neun Uhr mit Herrn Hallmann bestätigt.«

Monika Kurze zeigte Hermine ein Bild »Ich bin gestern Abend, als es noch hell war mit meinem Freund, der ist Amateurfotograf, nochmal in Oberheide gewesen und wir haben mit einer Drohne dieses Foto gemacht mit allen Häusern und Wegenetz. Die Häuser, die mit Einwohnername und einem Kreuz versehen sind, habe ich gestern besucht und die Gespräche protokolliert. Einwohnernamen, die ich mit einem Kreis versehen habe, sind zurzeit in Urlaub und ein Haus ist mit einem Fragezeichen versehen, dort habe ich niemanden angetroffen. Das ist das Haus der Feldmanns, die haben eine Druckerei in Wermelskirchen und waren gestern noch bei der Arbeit.«

»Sehr gut, vielen Dank, eine super Idee von Ihnen, das mit dem Luftbild, Monika. Ich habe Handy und Laptop der Toten überprüft und nichts Relevantes auf den ersten Blick gefunden.«

»Peter, könnten Sie dafür sorgen, dass die IT in Köln die Geräte zwecks versteckter Dateien etc. nochmals überprüft?«

Auf einmal sprang die Tür auf und Paul Strawinski stürmte aufgeregt in das Büro.

»Leute, ich glaube, ich habe da etwas Interessantes herausgefunden!« Im Chor antworteten die anderen »Guten Morgen Paul«, und Hermine ergänzte »jetzt mal schön der Reihe nach, Paul.«

»Sorry, guten Morgen, also wie gestern besprochen, war ich heute Morgen gegen sechs Uhr am Tatort und tatsächlich kam jemand vorbei, Herr Friedrich Petersen mit seinem Boxer Hasso. Ich habe ihn angesprochen und er sagte mir, dass er nur vertretungsweise für seine Frau Gudrun Gassi gehen würde. Sie geht sonst auch zusammen mit den anderen Nachbarinnen und deren Hunden.«

Hermine unterbrach Paul »Warum war diese Gudrun gestern nicht dabei?«

»Ok, ich fang mal anders an. Herr und Frau Petersen wohnen auch in Oberheide und Gudrun Petersen geht normaler Weise mit Hasso und den Nachbarinnen mit.

Vor drei Wochen hat sie zum Geburtstag ein E-Bike geschenkt bekommen. Sie hat die Hundeleine von Hasso am Fahrradlenker befestigt und ist Gassi gefahren. Es kam, wie es kommen musste, Frau Petersen wollte nach rechts abbiegen und Hasso hat links eine Katze gesehen. Ergebnis: E-Bike kaputt und Frau Petersen hat Prellungen und eine gebrochene Schulter. Deshalb geht jetzt Herr Petersen vor der Arbeit um halb sechs mit Hasso raus ... und jetzt kommt es .... Er hat schon mehrfach beobachtet, dass Limousinen, SUVs oder Kleinbusse zu dem kleinen Bauernhof nahe Niederheide fahren, immer sehr früh am Morgen oder spät abends.«

»Ich bin direkt mal vorbeigefahren, der Hof liegt sehr idyllisch, hat zwei große Ställe und ein Hauptgebäude, ist komplett eingezäunt und durch ein großes Tor verschlossen. Xenia und Ingolf Brenner, so sollen die Eigentümer heißen.«

Peter Zabel gab den Namen Ingolf Brenner in die Polizeidatenbank ein und pfiff leise durch seine Zähne »Paul, gute Arbeit! Ingolf Brenner, 54 Jahre, ist mehrfach vorbestraft und hat vier Jahre im Gefängnis gesessen. Das ist allerdings schon etwas länger her. Er war überwiegend in Düsseldorf aktiv, Drogen, Körperverletzung, Zuhälterei - eben das volle Programm. Seit fünf Jahren verheiratet mit Xenia Villabosa, der gehörte bis vor fünf Jahren das Etablissement „Red Xenia" in der Düsseldorfer Altstadt. Ich habe einen Kollegen in Düsseldorf, der die Szene dort gut kennt, da könnte ich mal nachfragen, was es sonst noch so über die beiden zu erzählen gibt.«

»Paul, echt gut gemacht«, Hermine war erleichtert, sie hatten eine erste Spur. »Vielleicht hatte Christiane Hallmann irgendetwas beobachtet und war damit am falschen Ort zur falschen Zeit? Die Schusswunde deutet auf jeden Fall eher auf einen Profi als auf einen Anfänger hin. Peter, zapfen Sie ihren Kollegen an und versuchen Sie so viel wie möglich über die beiden, das Gehöft etc. herauszubekommen. Paul, fahren Sie bitte nochmal raus und machen ein paar Fotos vom Gehöft, aber bitte unauffällig und aus verschiedenen Blickwinkeln. Monika, wir beide fahren nach Wermelskirchen zu den Feldmanns, das Wohnhaus von denen liegt direkt am Zugang zum Wald und ist der morgendliche Treffpunkt der Nachbarinnen.«

Auf dem Weg zur Druckerei fragte Monika Kurze Hermine

»Haben Sie schon viele Morde aufgeklärt? Kann man erkennen, ob jemand ein Mörder ist oder nicht?«

»Es gibt immer wieder Tötungsdelikte in der Kölner Region, aber oft sind es Beziehungstaten wie Eifersucht, Streit, Mord im Alkohol – oder Drogenrausch, Bandenkriminalität.«

»Aber einen Mörder auf Anhieb erkennen kann man eigentlich nicht.«

Nach circa 15 Minuten hatten sie die Druckerei im Industriegebiet von Wermelskirchen erreicht und parkten den Wagen vor dem eingeschossigen Gebäude. Alles sah sehr gepflegt aus und auf dem Parkplatz standen noch fünfzehn weitere Fahrzeuge. Es war wohl eher ein mittelständisches Unternehmen.

Hermine öffnete die hintere Wagentür auf der Fahrerseite und nahm ihre Schreibmappe heraus.

ELF

Marlene Feldmann stand am Empfangstresen der Druckerei, als Hermine und Monika eintraten. »Guten Morgen, die Damen, womit kann ich Ihnen dienen?«

»Oberkommissarin Hermine Hill und meine Kollegin Polizeikommissarin Monika Kurze, wir möchten gerne Herrn und Frau Feldmann sprechen.«

»Ich bin Marlene Feldmann, mein Mann ist gerade in einer Besprechung und kann schlecht gestört werden.«

»Es geht um ihre tote Nachbarin Christiane Hallmann, und es wäre schön, wenn wir mit ihnen beiden sprechen könnten.«

»Setzen sie sich in das Büro von meinem Mann, zweite Tür links, ich hole ihn. Möchten sie Kaffee oder Wasser?«

»Ja gerne, Kaffee, wenn es nicht zu viel Arbeit macht.« Hermine und Monika Kurze betraten das Büro von Heinz Feldmann und setzten sich an einen kleinen runden Tisch.

Hermine schätzte Frau Feldmann auf Ende fünfzig, sie hatte eine schlanke Figur und die Haare braun rot gefärbt. Ihre angenehme und freundliche Stimme war direkt sympathisch.

An den Wänden hingen Bilder von Marathonlauf-veranstaltungen aus deutschen und europäischen Groß-städten. Marlene und Heinz Feldmann betraten das Büro.

Heinz Feldmann schätzte Hermine auch auf Ende fünfzig. Er war mit circa eins neunzig knapp einen Kopf größer als seine Frau. Die mittelbraunen Haare waren kurz geschnitten, um die beginnende Glatze etwas zu kaschieren. Ohne etwas gesagt zu haben machte auch er einen sympathischen Eindruck.

»Guten Morgen die Damen, ich bin Heinz Feldmann. Tut mir leid, dass wir uns nicht in den Konferenzraum setzen können, aber dort findet gerade ein Lieferantengespräch statt, das mein Kompagnon Wolfgang Leber jetzt allein führen muss.«

»Sind Sie Marathonläufer?« fragte Hermine spontan.

Heinz Feldmann fing an zu lachen »Nein ich bin eher der Couchsurfer, die Startnummern auf den Bildern haben wir gedruckt. Wir arbeiten schon seit über zehn Jahren mit einem Eventunternehmen für Marathonveranstaltungen zusammen. Der Markt ist heiß umkämpft, deshalb laufen momentan Lieferantengespräch für ein neues Digital-Drucksystem, um zukünftig noch schneller, präziser und kostengünstiger personalisierte Startnummern zu drucken.

Das ist neben Wertmarken und Akzidenzien unser größter Umsatzträger. Aber ich glaube, deshalb sind sie nicht gekommen, oder?«

»Das ist richtig, wir sind wegen Christiane Hallmann hier, sie wurde gestern Morgen an der Weggabelung nach Niederheide tot aufgefunden. Soweit wir unterrichtet sind, treffen sich die Nachbarinnen jeden Morgen mit ihren Hunden neben ihrem Haus auf dem Weg in den Wald. Ist Ihnen gestern etwas Ungewöhnliches aufgefallen?«

»Sie meinen die Hundefrauen«, kam die spontane Antwort von Marlene Feldmann »so nennen mein Mann und ich unsere Nachbarinnen, seitdem die sich seit einigen Jahren mit ihren Hunden jeden Morgen und Abend zum Gassi gehen treffen. Unsere Bad- und Küchenfenster in der ersten Etage liegen auf der Hausseite zum Waldweg und wir können jedes Wort und Getratsche hören. Wir haben heute Morgen schon gehört, dass Christiane und ihr Hund Jette erschossen wurden, wir sind dank der Hundefrauen immer bestens informiert, ob wir wollen oder nicht.«

»War gestern Morgen etwas anders als sonst?« fragte Hermine nochmals.

»Nein, eigentlich alles ganz normal«, entgegnete Heinz Feldmann und fuhr fort »zuerst kam Carmen Friedrichs mit

Elfie, dann Liselotte Reimann mit Sammy, Gisela Schmidt mit Balu, Ingrid Müller mit Zeus und Josepha Rodrigues mit Bella. Gudrun Petersen kann momentan wegen einem Fahrradunfall nicht kommen, die ist sonst auch immer dabei. Christiane Hallmann kam auch nicht, worüber sich Liselotte Reimann mal wieder aufgeregt hat. So gegen viertel nach sieben sind die Hundefrauen dann mit ihren Hunden in den Wald abgezogen.«

»Haben Sie noch andere Leute bemerkt, die in den Wald rein- oder rausgegangen sind?«

»Der Waldweg an unserem Haus ist wie eine Einflugschneise für Wanderer mit und ohne Hund. Ich schätze, allein zum Gassi gehen nutzen rund fünfzig Personen zum Teil sogar mit zwei Hunden täglich den Weg und wir kennen davon vom Ansehen und auch namentlich nicht jeden. In den letzten Jahren ist ein richtiger Hype um Hunde entstanden«, resümierte Heinz Feldmann.

»Haben Sie zwischen und sieben Uhr Schüsse gehört?«

»Nein, unter der Dusche höre ich nichts«, antwortete Heinz Feldmann. »Und ich trage nachts Ohrstöpsel wegen den Schnarchgeräuschen meines Mannes, da hört man so gut wie nichts, wenn man schläft«, ergänzte Marlene Feldmann.

»Kannten Sie Christiane Hallmann und ihren Mann näher?«

»Wir haben aufgrund der vielen Arbeit in unserer Firma recht wenig Kontakt zu unseren Nachbarn. Man trifft sich zu Straßenfesten, Hochzeiten, runden Geburtstagen und Trauerfeiern. Christiane hat uns auch schon mal Druck- aufträge verschafft, sie war ja in der Werbebranche tätig. Mit ihm trinke ich meistens in den Sommermonaten schon mal ein Bier am Gartenzaun, das war aber auch schon alles«, fasste Heinz Feldmann die gemeinsamen Aktivitäten mit Hallmanns zusammen.

»Wo waren sie gestern Morgen gegen sieben Uhr?«

»Im Badezimmer, meine Frau kam rein und wollte mich schon rausschmeißen«, antwortete Heinz Feldmann

»Noch eine letzte Frage, wer wohnt in der Parterrewohnung ihres Hauses?« fragte Monika Kurze.

»Die Wohnung ist nicht vermietet, wir haben die Wohnung für unsere Kinder umgebaut, unsere Tochter und unser Sohn haben ihre berufliche Herausforderung und große Liebe in Ostfriesland gefunden. Wenn sie uns zu Geburts – und Feiertagen besuchen, können sie mit unseren Enkelkindern dann dort übernachten«, beantwortete Marlene Feldmann die Frage.

ZWÖLF

Hermine und Monika Kurze fuhren auf direktem Weg zur Einsatzzentrale und berichteten Peter und Paul von dem Gespräch mit Feldmanns. Beide mussten schmunzeln, als das Wort Hundefrauen fiel.

»Wir waren auch nicht untätig«, ergriff Peter Zabel das Wort.

»Paul schmeiß schon mal deine Bilder von Ingolf Brenners Hof auf den Beamer und ich gebe meine Recherche zum Besten. Ingolf Brenner hat vor sechs Jahren Xenia Villabosa geheiratet. Ingolf war jahrelang als Türsteher bei Xenia beschäftigt und ist dabei auch des Öfteren mit dem Gesetz in Konflikt geraten. Kurz nach der Hochzeit hat Xenia ihre Bar inklusive des Hauses in der Düsseldorfer Altstadt verkauft.
In Niederheide haben die beiden dann den Bauernhof mit dazugehörigen Stallungen von der Bank ersteigert. Durch Zufall konnte ich einen Handwerker ausfindig machen, der dort ca. ein halbes Jahr bei der Sanierung des Haupthauses innen und außen, sowie außen bei den Stallungen geholfen hatte. Dann wurden die Arbeiten von heute auf morgen eingestellt. Mein Kollege aus Düsseldorf hat von Ingolf und Xenia seit dem Verkauf der Bar nichts mehr von ihnen gehört.«

Hermine dankte Peter Zabel für die Informationen und schaute sich die Bilder von Ingolf Brenners Hof, die Paul Strawinski mittels Beamer an die weiße Klassenwand projizierte, eingehend an. Der Hof lag wirklich sehr idyllisch in einer kleinen Senke versteckt am Ortsrand von Niederheide. Alles sah sehr gepflegt aus, nur die Maschendrahtumzäunung mit Toreinfahrt passte nicht so recht ins Bild, auch wenn Büsche und Sträucher am Zaun für etwas Atmosphäre sorgten.

»Ich rufe mal meinen Chef in Köln an, vielleicht bekommen wir einen Durchsuchungsbeschluss für den Hof, da kann ja alles Mögliche in den Stallungen passieren, Drogenküche, Menschenhandel, was weiß ich.«

Hermine verließ das Großraumbüro und ging in den Vernehmungsraum, um ungestört telefonieren zu können. Sie erreichte auf Anhieb Hans Steiner, ihren Chef im Morddezernat Köln und informierte ihn über den aktuellen Stand der Ermittlungen.

»Hans, glaubst du, wir bekommen einen Durchsuchungsbeschluss für den Hof?«

»Hermine, das kann ich mir nicht vorstellen. Ohne konkrete Hinweise oder Indizien sieht das schlecht aus. Einen alten Hof kaufen und zu restaurieren ist kein Verbrechen. Ich kann noch das Drogendezernat hier in Köln ansprechen und rede auch mit dem Staatsanwalt. Ich melde mich bei dir.«

Hermine und ihre Kollegen saßen im Großraumbüro und schrieben oder lasen Berichte als das Telefon schellte und Hans Steiner sich meldete. Hermine war sofort am Apparat und stellte auf Lautsprecher »Hallo Hans, du bist auf Lautsprecher, was hast du erreicht?«

»Hallo Zusammen, also beim Kölner Drogendezernat liegt gegen Ingolf Brenner nichts vor. Man hat auch keine Hinweise, dass bei euch im Bergischen Land ein Drogenlabor oder ähnliches existiert. Der Staatsanwalt hat einer Durchsuchung deshalb auch nicht zugestimmt.«

»Ok, und wie sollen wir dann deiner Meinung nach weiter vorgehen?« fragte Hermine.

»Observiert den Hof und wenn ein Fahrzeug mit mehreren Insassen durch das Tor fährt, hängt ihr euch dran und fahrt mit rein. Dann erkundigt ihr euch, ob jemand sachdienliche Hinweise zum Tod von Christiane Hallmann machen kann.

Zur Absicherung haltet ihr noch zwei Streifenwagenbesatzungen in unmittelbarer Entfernung auf Abruf.«

»Wir werden deinen Vorschlag hier im Team nochmals diskutieren, ich sage dir dann Bescheid, was wir machen.«

Hermine saß mit Peter Zabel im Streifenwagen und starrte auf die Zufahrtsstraße nach Niederheide. Gott sei Dank gab es nur eine Zufahrt zum Hof von Ingolf Brenner, denn aufgrund des Borkenkäferbefalls waren die Wälder in der Region zum Teil großflächig abgeholzt worden und man konnte sich mit einem Auto nicht mehr so leicht auf den Waldwegen verstecken. Die Entscheidung, den Vorschlag von Hans Steiner umzusetzen, war recht schnell gefallen. Peter Zabel konnte seinem Chef der Polizeiwache Burscheid sogar drei Streifenwagenbesatzungen zur Absicherung des Einsatzes abschwatzen. Monika Kurze und Paul Strawinski waren auf einer Anhöhe mit Nachsichtgeräten ausgerüstet postiert, um über Funk sofort die Kollegen zu informieren, wenn Gefahr auf dem Hof drohte.

Außerdem konnten sie die Land- und Seitenstraßen von hier aus beobachten und damit Fahrzeuge, die nach Niederheide fuhren, frühzeitig melden. Hermine fühlte sich trotz aller Sicherheitsvorkehrungen bei diesem Einsatz unwohl. Sie hatte die Verantwortung, das heißt war unter Umständen auch für Verletzungen oder Tod von Kollegen verantwortlich. Der Einsatz konnte entweder ganz harmlos sein oder in eine wilde Schießerei münden. Sie war extrem angespannt. Es konnte natürlich auch sein, dass die Aktion heute völlig umsonst war, wenn niemand kam. Aus dem Funk kam von Paul Strawinski dann die Meldung »An alle, Kleinbus auf dem Weg nach Niederheide«, eine Minute später »Fehlalarm, das ist der Wagen von Familie Schulze, ich habe den Wagen gerade noch erkannt.« Von diesen Meldungen hatten sie schon sieben oder acht an diesem Abend gehabt. Es war bereits viertel nach acht und Hermine wurde immer unruhiger.

Dann ging wieder der Funk »Leute, es geht los, Kleinbus mit sechs Frauen und zwei Männern sind im Anflug.«

Hermine und Peter Zabel ließen den Wagen passieren und hängten sich mit Abstand dahinter. Das Tor zum Hof von Ingolf Brenner öffnete sich, der Kleinbus fuhr auf den Hof, Peter Zabel hinterher, er blieb aber in der Toreinfahrt stehen, so konnten im Falle eines Falles die Kollegen sofort unterstützend eingreifen, da sich das Tor nicht schließen ließ.

Die Bustür ging auf, die Frauen und Männer stiegen aus, unterhielten sich und lachten miteinander. Hermine und Peter Zobel stiegen ebenfalls aus ihrem Wagen. Die Frauen und Männer verstummten, als sie die beiden Polizisten mit Schutzweste sahen. Sie waren alle zwischen zwanzig und Mitte dreißig, leger gekleidet und gutaussehend und standen jetzt abwartend an ihrem Wagen.

»Guten Abend miteinander, wir sind die Oberkommissare Hill und Zabel und sind auf der Suche nach Zeugen für den gestrigen Todesfall hier in der Nähe im Wald.«

»Und da kommen sie um diese Uhrzeit mit einem ganzen Polizeiaufgebot hier her? Die anderen drei Streifenwagen in der Seitenstraße sind ja nicht zu übersehen. Ich hatte schon eher mit ihrem Besuch gerechnet«, kam die Antwort von einem Mann, der im Schatten des Haupthauses stand.

»Sie müssen Ingolf Brenner sein, wir haben gehört, dass hier oft morgens und abends Limousinen oder Kleinbusse mit Personen kommen und gehen. Da haben wir uns natürlich so unsere Gedanken gemacht«, ging Hermine in die Offensive.

»Kommen Sie zum Haus, wir setzen uns auf die Terrasse und ich erzähle Ihnen alles, sonst geben sie eh keine Ruhe.«

Hermine und Peter Zabel folgten Ingolf Brenner auf die Terrasse. Ingolf Brenner machte auf Hermine keinen unsympathischen Eindruck.

Er war fast zwei Meter groß, mit dunkler Kurzhaarfrisur. Nur die krumme Nase war wohl mal gebrochen und erinnerte an einen Mann, der früher häufiger mit dem Gesetz und anderen Gaunern und Verbrechern in Konflikt geraten war. Hermine konnte durch ein Fenster in ein Zimmer sehen, wo das schwache Licht einer Nachtischlampe brannte und eine Frau mit Schläuchen in der Nase im Bett lag.

»Das ist meine Frau Xenia, aber am besten fange ich von vorne an«, begann Ingolf Brenner mit einer kraftvollen und rauchigen Stimme zu erzählen. »Sie wissen mit Sicherheit, dass Xenia und ich aus dem Düsseldorfer Milieu stammen. Nach dem Verkauf der Bar haben wir durch Zufall dieses Gehöft ersteigern können und wollten hier unseren Lebensabend verbringen. Die Stallungen sollten zu Ferienwohnungen umgebaut werden und uns ein kleines Grundeinkommen sichern. Mitten in der Umbauphase erkrankte Xenia schwer an der Lungenkrankheit COPD. Wir stoppten erst einmal alle Aktivitäten der Renovierung und nach dem klar wurde, dass die Pflege meiner Frau sehr intensiv und kostspielig werden würde, habe ich in den Stallungen sechs Ein-Raum-Apartments eingerichtet. Komplett möbliert, mit Computer, Videokamera und Internetzugang ausgerüstet. Diese Apartments vermiete ich an Leute, die Video- und Telefonsex anbieten. Von den Mieteinnahmen und anteiligen Einnahmen an den Umsätzen meiner Mieter kann ich die Arztkosten und eine Tagespflege bezahlen.«

Hermine musste schlucken, konnte aber kein Wort erwidern.

»Meine Mieter arbeiten in Wechselschichten. Ein Beförderungsservice bringt sie zur Hauptgeschäftszeit hier her und holt sie am darauffolgenden Morgen wieder ab.«

»Manchmal bleibt auch jemand tagsüber noch hier und fährt erst abends wieder zurück. Bevor sie fragen, ich gebe ihnen eine Liste meiner Mieter, die gestern Morgen gekommen bzw. gefahren sind, zwecks Befragung und die Adresse des Beförderungsservice für die Kontaktdaten der Fahrer.«

Es wurde für einen Moment ganz still am Tisch. Hermine atmete tief durch.

»Vielen Dank, Herr Brenner für die offenen Worte, es tut mir schrecklich leid was mit ihrer Frau passiert ist. Ich muss ihnen aber leider trotzdem noch ein paar Fragen stellen. Kannten Sie die Tote Christiane Hallmann?«

»Nur vom Ansehen, sie lief ab und zu mit ihrem Hund hier am Haus vorbei. Wir haben uns gegrüßt, aber ansonsten kein Wort miteinander gesprochen.«

»Wo waren Sie gestern Morgen um sieben Uhr?«

»Hier im Haus, um halb sieben kommt jeden Morgen unsere Tagespflegerin, die Adresse gebe ich Ihnen.«

»Ich würde mir gerne noch die Apartments anschauen, bevor wir gehen.«

Ingolf Brenner ging mit Hermine und Peter Zabel zu den Stallungen. Die Apartments waren sehr geschmackvoll eingerichtet, es gab eine kleine Kochzeile und ein geräumiges Badezimmer.

»Herr Brenner, ist das Gewerbe hier bei der Stadt angemeldet?« fragte Hermine.

»Nein!«

»Sie wissen, dass wir das melden müssen, so leid es mir tut. Aber wir haben momentan viel zu tun und bis unsere Berichte geschrieben und verteilt sind, dauert es bestimmt einige Tage. Vielleicht haben Sie die Gelegenheit zwischenzeitlich mit dem Ordnungsamt zu reden, um eine Genehmigung noch nachträglich zu erhalten. Wir werden ihnen da keine Steine in den Weg legen.«

»Danke, ich kümmere mich direkt morgen darum,« entgegnete Ingolf Brenner und begleitete Hermine und Peter Zabel zum Wagen.

Auf dem Rückweg zur Einsatzzentrale in der Grundschule informierte Hermine telefonisch Hans Steiner, ihren Chef. Der war sehr zufrieden über den Einsatzverlauf, auch wenn es keine neuen Hinweise auf den Täter gab. Aber zumindest konnten sie einen Verdächtigen ausschließen und sich mit der Meldung ans Ordnungsamt Zeit zu lassen, fand Hans Steiner eine sehr gute und rücksichtsvolle Idee.

Vor der Schule angekommen, bedankte sich Hermine bei allen am Einsatz beteiligten Kollegen und Kolleginnen und fuhr zu ihren Eltern nach Hause.

DREIZEHN

Es war kurz vor sieben am Morgen, Hermine lag wach in ihrem Bett. Sie hatte die Nacht schlecht geschlafen. Als sie gegen halb eins in der Nacht vom Einsatz zurückgekommen war, hatte sie noch ein Glas Rotwein getrunken und war dann ins Bett gegangen.

Aber sie konnte nicht einschlafen. Der Einsatz, Xenia Brenner, die sich zur Ruhe setzen wollte und jetzt fast hilflos in ihrem Bett lag, und Ingolf Brenner, ein Ex-Knacki, der sich rührend um seine Frau kümmerte, ließen sie nicht zur Ruhe kommen. Hermine hatte nicht erwartet, dass Ingolf Brenner so ausführlich und ehrlich aussagte und freiwillig die Räumlichkeiten in den Apartments zeigte. Das hatte wohl schon etwas mit einer gewissen Verzweiflung zu tun und Hermine würde Peter Zabel bitten, erst nach zwei, drei Wochen beim Ordnungsamt nachzufragen.

Die Küche ihrer Eltern war leer, Hermine trank schnell eine Tasse Kaffee im Stehen, nahm sich zwei Brötchen und verspeiste diese auf dem Weg zur Grundschule.

Hermine begrüßte ihre Kollegen, die alle noch etwas müde vom Einsatz zu sein schienen, und bat darum, die Kontakte von Ingolf Brunner zu befragen. Sie selbst schaltete ihren Computer an und las ihre Emails.

Der Abschlussbericht der Pathologie lag vor, am Handgelenk der Toten wurden leichte Hämatome festgestellt, als ob jemand sie festgehalten hätte, und man hatte ihr in den Haaren gezogen. Klaus-Peter Hallmann hatte seine Frau eindeutig identifiziert, Hermines Chef hatte Herrn Hallmann begleitet.

Das Telefon schrillte und Hermine nahm ab, »Guten Morgen Hermine,« meldete sich Hans Steiner am anderen Ende der Leitung.

»Björn Freitag von der Spurenscherung hat mich gerade angerufen. Das Projektil, das den Hundeleib durchschlug, konnte vom LKA identifiziert werden, es handelt sich um ein Neun-Millimeter-Geschoss aus dem zweiten Weltkrieg und vermutlich von einer Pistole, die die Wehrmachtsoffiziere früher nutzten.«

Hermine ärgerte sich, warum hatte Björn sie nicht direkt angerufen.

»Na wenigstens etwas Neues. Wie lange wird es wohl dauern von der Bundeswehrverwaltung eine Aufstellung von ehemaligen Wehrmachtsoffizieren aus der hiesigen Region zu bekommen?« frage Hermine.

»Keine Ahnung, aber bestimmt einige Wochen oder Monate, Dienstwege brauchen ihre Zeit. Vielleicht findest du in Wermelskirchen ein Archiv oder ähnliches über Wehrmachtssoldaten. Ich stelle aber schon mal einen Antrag bei der Bundeswehr.«

»Danke. Wurde das zweite Projektil gefunden?«

»Nein, wie vom Erdboden verschluckt. Björn schreibt gerade seinen Abschlussbericht und mailt uns diesen zu. Aber soweit ich ihn verstanden habe, hat er keine weiteren verwertbaren Spuren finden können. Die Hunde der Nachbarinnen haben alle Spuren am Tatort und an der Leiche verunreinigt.«

Hermine beendete das Gespräch und informierte ihre Kollegen über den neuen Ermittlungsstand.

Peter Zabel recherchierte im Internet und rief »Hier, das könnte uns weiterhelfen. Ich habe vor zwei Wochen ein Interview in der Zeitung gelesen. Ein Einwohner vom Dhünner Geschichtsverein hat über seine Chroniken aus dem ersten und zweiten Weltkrieg hier in der Region berichtet. Der Name ist Friedrich Grün.«

Hermine las sich den Zeitungsbericht in Ruhe durch.

»Super Idee, Peter. Das ist einen Besuch wert. Könnten Sie in der Zwischenzeit überprüfen, wer in Wermelskirchen und den umliegenden Ortschaften einen Waffenschein hat, und eventuell auch noch eine Waffe aus dem zweiten Weltkrieg angemeldet hat. Ich bin auf dem Weg zu Herrn Grün, hoffentlich ist er Zuhause.«

Hermine stand vor dem Haus von Friedrich Grün, die Adresse an der Hauptstraße hatte sie schnell herausgefunden, und klingelte. Eine ältere Dame öffnete die Tür.

Hermine stellte sich vor »Guten Tag, mein Name ist Hermine Hill von der Kriminalpolizei«, und zeigte ihren Ausweis.

»Ich bin Hildegard Grün, was kann ich für Sie tun?«

»Ich möchte gerne Herrn Friedrich Grün sprechen, ist er Zuhause?«

»Das ist mein Mann, kommen Sie herein, er sitzt im Wohnzimmer. Darf ich Ihnen einen Tee oder Kaffee anbieten?«

Hermine entschied sich für einen Kaffee und folgte Frau Grün ins Wohnzimmer. Sie stellte sich Herrn Grün vor.
Die Eheleute Grün mussten so um die achtzig Jahre alt sein und machten auf Hermine noch einen sehr rüstigen Eindruck.

»Hill, Hill, Moment mal, sind Sie vielleicht verwandt mit Veronika und Gerhard Hill aus der Goldstraße?«

»Ja, das sind meine Eltern«

»Ein Mädchen aus dem Dorf bei der Kriminalpolizei, das ist doch mal was. Sie sehen aus wie Ihre Mutter in jungen Jahren und die Größe haben Sie von ihrem Vater. Die Figur Gott sei Dank nicht, sonst könnten sie den Verbrechern nicht hinterherlaufen. Und warum sind Sie hier?«

Hermine musste erst mal herzhaft lachen, besonders die Umschreibung ihres Vaters fand sie urkomisch.

»Ich interessiere mich für Ihre Chroniken vom ersten und zweiten Weltkrieg aus der Region.«

»Möchten Sie mit mir einen Termin für einen Diavortrag bei der nächsten Schulungsveranstaltung der Polizei buchen, oder geht es um etwas Konkretes?« fragte Friedrich Grün verschmitzt. Hermine musste wieder lachen. »Das Angebot für einen Diavortrag gebe ich gerne weiter, aber ich ermittle im Todesfall von Christiane Hallmann vor zwei Tagen. Im Laufe der Ermittlungen sind wir auf eine Offizierspistole aus dem zweiten Weltkrieg gestoßen.«

»Kann ich mir die Pistole mal ansehen?«

»Nein, leider nicht, wir haben nur Fragmente eines Neun-Millimeter-Projektils am Tatort gefunden.«

»Ich war damals als Vierzehnjähriger kurz vor Ende des Krieges noch zur Verteidigung der Heimatfront rekrutiert worden. Ja, ja ich werde in diesem Jahr noch neunzig Jahre, sieht man mir nicht an. Wie viele andere Soldaten nach dem Kriegsende, habe ich mich dann nach Hause durchgeschlagen und die Waffen mitgenommen und versteckt. Waffen waren damals viel wert und als Tauschobjekt für Kaffee, Butter oder Zigaretten begehrt. Vor einigen Jahren zog die Polizei sämtliche, nicht registrierte Waffen ein, dass heißt, dass man diese Waffen ohne rechtliche Folgen freiwillig abgeben konnte. Ich hatte damals die Gelegenheit, noch auf der alten Polizeiwache in Wermelskirchen Waffen aus den beiden Weltkriegen zu begutachten. Sie sagten ein Neun-Millimeter-Projektil? Ich nehme an, ihre Kollegen konnten anhand der Metalllegierung die Herstellungszeit bestimmen. Es stimmt, überwiegend hatten Offiziere 9mm-Pistolen, aber es gab unterschiedliche Pistolentypen von verschiedenen Herstellern, die zu dieser Zeit im Umlauf waren. Ich wollte ihnen damit nur sagen, es wird schwierig, nach so vielen Jahren jemandem noch eine Waffe zuzuordnen.«

»Jeder konnte damals eine Pistole mit nach Hause genommen oder auch später nur getauscht oder gekauft haben.«

»Vielen Dank für die detaillierten Ausführungen, ja, Sie haben recht, es wird schwierig. Haben Sie vielleicht Aufzeichnungen oder Listen, wer aus der Region im zweiten Weltkrieg Soldat war?« entgegnete Hermine.

»Eine Auflistung, sogar mit Dienstgraden, habe ich und maile Ihnen diese zu.«

Hermine guckte verdutzt Friedrich Grün an.

»Ja, da staunen Sie, junge Frau, aber die Suche nach historischen Ereignissen, alten Bildern und Anekdoten hält mich fit und meine Enkel haben mir dann noch mit Mitte siebzig den Umgang mit Computer und Internet beigebracht, das zusammen hält mich am Leben.«

»Kennen Sie vielleicht ehemalige Verwandte aus dieser Zeit aus dem Umfeld von Christiane Hallmann, die unter Umständen sogar in Oberheide gewohnt haben?«

»Hildegard, hole mir mal bitte den Karton mit den alten Bildern von 1935 bis 1945 aus dem Keller. Fräulein Hermine, Sie müssen wissen, ich bin noch fit im Kopf, dafür schlecht auf den Beinen und bei meiner lieben Frau ist es umgekehrt.«

Bevor Hermine etwas erwidern konnte, stand Frau Grün schon mit dem Karton im Wohnzimmer und Herr Grün wühlte in den alten Bildern. »Die meisten Leute auf den Bildern sind schon längst tot, aber ihre Namen kenne ich fast noch alle. Hier«, Herr Gün zeigte ein Bild mit drei jungen Männern. »Meine Freunde Fritz, Hermann und Willi, aufgenommen hinterm Fischteich kurz nach dem Krieg.«
Und nach weiterem Wühlen, »Hier, ein Bild von Anton Richter, dem Großvater von Christiane Hallmann.«

Hermine war wie elektrisiert, als sie das Bild mit Anton Richter in Offiziersuniform sah.

Hermine nahm ihr Handy und machte ein Foto von dem Bild.

»Ist Herr Richter aus dem Krieg nach Hause gekommen?«

»Ja, der konnte sich nach dem Krieg aus Frankreich nach Hause durchschlagen.«

»Herr Grün, vielen Dank, ich muss jetzt leider gehen und bitte nicht vergessen mir die Liste zu mailen.«

»Mädchen, ich bin lahm aber noch nicht senil,« lachte Friedrich Grün. Hermine verließ überstürzt das Haus der Grüns und lief zur Grundschule. Sie bat ihre Kollegen im angrenzenden Besprechungszimmer Platz zu nehmen.

»Ich glaub ich weiß, wo wir nach der Tatwaffe suchen müssen!« Sie berichtete von ihrem Gespräch bei Grüns.

»Sollen wir Herrn Hallmann nach einer Waffe im Haus befragen, oder wie wollen wir vorgehen?« fragte Peter Zabel.

»Lasst uns noch mehr Hintergrundinformationen von Herrn Hallmann sammeln. Vielleicht bekommen wir noch weitere Indizien, die für eine Hausdurchsuchung reichen«, entgegnete Hermine.

Sie teilten sich die Arbeit auf, Datenbank der Polizei, Internet und Paul Strawinski rief den Nachbarn Herrn Petersen an. Hallmanns und Petersens hatten wohl hin und wieder miteinander gegrillt. Vielleicht hatte Herr Petersen noch ein paar private Informationen von Klaus-Peter Hallmann.

Alle machten sich sofort an die Arbeit und gingen an ihre Schreibtische.

»Hier, ich glaube ich habe etwas Interessantes gefunden«, rief Monika Kurze nach einer halben Stunde.

»Auf der Facebook-Seite von Herrn Hallmann habe ich ein Bild von einem Ehemaligentreffen der Bundeswehr gefunden. Laut Bildbeschriftung war Hallmann Waffenwart bei einem Fernmelde-Bataillon in Wuppertal.«

»Dann sollte sich Herr Hallmann mit Waffen auch gut auskennen«, bemerkte Peter Zabel.

»Herr Petersen hat mir gerade gesagt, dass Herr Hallmann bereits gegen viertel vor sieben am Tag des Mordes mit seinem Auto davongefahren ist«, meldete sich Paul Strawinski.

»Ich glaube, mit den Indizien sollten wir einen Durchsuchungsbeschluss bekommen, ich rufe sofort meinen Chef an«, antwortete Hermine.

Hans Steiner meldete sich gegen siebzehn Uhr bei Hermine.

»Den Beschluss bekommst du, allerdings ist der Staatsanwalt schon auf dem Heimweg. Ihr müsst euch also bis morgen früh um acht Uhr gedulden, dann mail ich euch das Dokument zu.«

Hermine beendete das Gespräch und teilte ihr Team nach Aufgabenschwerpunkten für die Hausdurchsuchung auf. Peter Zabel forderte noch zwei Streifenwagenbesatzungen aus Burscheid an und Hermine bat Björn Freitag von der Spurensicherung, am nächsten Tag um acht Uhr morgens nach Dhünn zu kommen. Sie wollten sich alle an der Grundschule treffen und dann gemeinsam Klaus – Peter Hallmann aufsuchen.

Hermine war sichtlich aufgewühlt, als sie auf dem Weg zu ihren Eltern war. Sie wäre lieber sofort zu Hallmann gefahren und hätte mit der Durchsuchung begonnen. Aber das war nur im Fernsehen möglich, die Realität sah anders aus. Die Dienstwege mussten eingehalten werden, um bei einer späteren Verhandlung vor Gericht nicht wegen Verfahrensfehlern belangt zu werden.

Den Abend verbrachte Hermine gemeinsam mit ihren Eltern bei einem Glas Rotwein. Gegen zehn Uhr zog sie sich in ihre Einliegerwohnung zurück und ging nochmals alle Berichte des Tages durch.

VIERZEHN

Um viertel nach acht am darauffolgenden Morgen stand Hermine mit zwei Streifenwagenbesatzungen und ihrem Team vor dem Haus von Klaus-Peter Hallmann und klingelte. Die Tür ging auf. »Guten Morgen Herr Hallmann, wir haben einen Durchsuchungsbeschluss für Ihr Haus und das Grundstück, bitte lassen Sie uns eintreten!« Hallmann trat überrascht zur Seite und ließ das Polizeiaufgebot herein.

»Herr Hallmann, besitzen Sie eine Waffe?«

»Ja, aber eigentlich ist es die Pistole meiner Frau«, kam die zögerliche Antwort.

»Zeigen Sie uns die Pistole, bitte!«

Hallmann ging ins Wohnzimmer und schloss einen kleinen Wandtresor, der hinter einem Bild versteckt war, auf. Björn Freitag schob Hallmann beiseite und öffnete den Tresor mit Handschuhen. Außer Unterlagen und einer angebrochenen Patronenschachtel, aus dem zweiten Weltkrieg war nichts im Tresor. Herr Hallmann guckte verwundert in den Tresor und Hermine fragte, »Herr Hallmann, wer außer Ihnen und Ihrer Frau hat noch Zugang zum Tresor und wusste von der Pistole?«

»Die Tresorkombination kannten nur meine Frau und ich. Die Pistole gehörte dem Großvater meiner Frau, er war Offizier im zweiten Weltkrieg. Früher, als meine Frau manchmal tagelang allein war, wenn ich auf Kundenbesuch war, hatte sie Angst. Wir hatten damals noch keinen Hund und so habe ich ihr die Waffe gereinigt und instandgesetzt. Im alten Steinbruch bei der Knochenmühle habe ich ihr dann noch das Schießen beigebracht. Seitdem wir den Hund haben, war die Waffe im Tresor verschlossen. Von der Waffe haben wir niemandem etwas gesagt, schon aus Angst Ärger mit den Behörden zu bekommen, da wir keinen Waffenschein haben.«

Björn Freitag zeigte Hermine eine Dokumentenmappe. Hermine blätterte die Mappe aufmerksam durch.

»Wussten Sie, dass Ihr Schwager in den USA verstorben ist und seiner Schwester, also Ihrer Frau fast eine Millionen Dollar vererbt hat? Mein Kollege hat diese Dokumentenmappe in der untersten Schublade im Schreibtisch Ihrer Frau gefunden.«

»Nein, das wusste ich nicht. Meine Frau hatte den Kontakt zu ihrem Bruder abgebrochen, weil sie ihm die Schuld am tödlichen Verkehrsunfall ihrer Eltern vor zwanzig Jahren gab. Er war daraufhin in die USA ausgewandert.«

Peter Zabel ging zu Hermine und flüsterte ihr etwas ins Ohr.

»Herr Hallman, wir haben gerade eine Pistole, in ihrem Gartenhaus versteckt, gefunden. Aus dieser Waffe wurde vor kurzem geschossen. Folgen sie mir bitte zur Einsatzzentrale im Dorf. Paul, bitte fahren Sie mit Herrn Hallmann schon mal vor.«

Hermine bat Peter Zabel, die Durchsuchung weiterzuleiten und Björn Freitag, Fingerabdrücke zu sichern und mit denen von Klaus-Peter Hallmann zu vergleichen.

Klaus-Peter Hallmann saß im provisorischen Vernehmungsraum der Grundschule, ein Glas Wasser stand vor ihm auf dem Tisch und einer der Streifenpolizisten, der ihn hergebracht hatte, stand an der Tür. Wie im Krimi, dachte Hallmann, er fühlte sich unwohl und hatte Angst, dass man ihn verhaften könnte. Die Tür ging auf und Hermine trat ein, legte ihr Handy auf den Tisch und schaltete es ein.

»Herr Hallmann, ich vernehme Sie hier als Verdächtigen im Mordfall Christiane Hallmann, wenn Sie einen Anwalt hinzuziehen wollen, dann sagen Sie das bitte jetzt.«

»Ich brauche keinen Anwalt, ich habe nichts getan und bin unschuldig.«

»Wie Sie wollen. Herr Hallmann, erzählen Sie mir bitte nochmal von dem Morgen, als Ihre Frau gestorben ist.«

»Ich habe meine Frau gegen sechs Uhr auf dem Weg zum Badezimmer gesehen. Sie wollte mit unserem Hund schon mal eine Runde gehen und dann nochmal mit den Nachbarinnen zusammen. Ich bin dann ins Bad, habe mich angezogen, Kaffee getrunken und um sieben Uhr habe ich das Haus verlassen.«

»Wie erklären Sie es sich dann, dass man Sie schon gegen viertel vor sieben mit ihrem Wagen hat, wegfahren sehen?«

»Ok, dann war es eben eine viertel Stunde früher, was soll das denn?«

»Die Obduktion hat ergeben, dass Ihre Frau um sieben Uhr ermordet wurde, mit dem Auto braucht man keine zwei Minuten, um am Tatort zu sein.«

»Sie haben für die Tat kein Alibi!«

Auf der Stirn von Hallmann bildeten sich Schweißperlen und seine Hände zitterten leicht. »Ich habe ein Alibi, aber Sie müssen mir versprechen, dass Sie diskret vorgehen.«

»Diskret ist bei Mordfällen ein Fremdwort, da kann ich Ihnen nichts versprechen.«

»Ich habe mich mit Henriette Obermeier getroffen, auf dem Wanderparkplatz am Zugang zur kleinen Dhünn-Talsperre.«

»Ist Henriette Obermeier Ihre Geliebte?«

»Ja, bei dem letzten Osterfeuer, das wir jedes Jahr zusammen mit den Nachbarn machen, hatte ich mich mit meiner Frau gestritten und Henriette sich mit ihrem Mann Hanno. Meine Frau und Hanno sind dann beide nach Hause gegangen und ich habe mit Henriette noch ein paar Bier getrunken. Wir haben uns gegenseitig unser Leid geklagt. Als das Feuer aus war, sind wir noch geblieben bis alle anderen Nachbarn weg waren und dann ist es eben im Busch passiert.«

«Seitdem treffen wir uns regelmäßig auf dem Wanderparkplatz. Nur Sex, wir wollten beide unsere Partner nicht verlassen und Henriette hat zudem noch zwei Kinder im Grundschulalter, eine Trennung kam für sie schon deshalb nicht in Betracht.«

»Ihre Aussage lässt sich ganz leicht durch eine Funkzellen-auswertung der Handys bestätigen.«

»Das wird wohl nicht gehen, Henriettes Mann Hanno ist extrem eifersüchtig und überprüft Henriette auf Schritt und Tritt. Er arbeitet bei einem Telekommunikations-Unternehmen und Henriette ist sich sicher, dass er ihr Handy überprüft. Seitdem er gesehen hatte, wie Henriette und ich uns vor einiger Zeit auf der Straße unterhalten und gelacht haben, glaubte sie, er würde auch mein Handy überprüfen. Wenn wir uns treffen, schalte ich das Handy immer vorher aus. Ich habe mir über das Internet noch zusätzlich eine strahlungssichere Box gekauft, in dem das Handy dann liegt, wenn wir uns treffen.«

»Herr Hallmann, wusste Ihre Frau von dem Verhältnis?«

»Das kann ich mir nicht vorstellen, wir haben uns immer früh morgens getroffen, wenn meine Frau mit dem Hund unterwegs war. Handy-Kontakt war, wie schon erwähnt, nicht möglich. Nein, sie konnte nichts wissen.«

»Herr Hallmann, ich werde jetzt Henriette Obermeier befragen. Ich empfehle Ihnen, in der Zwischenzeit einen Anwalt hinzuzuziehen.«

Hermine stand vor dem Haus der Obermeiers und klingelte. Henriette Obermeier öffnete die Tür und Hermine stellte sich vor.

Sämtliche Farbe entwich aus Henriette Obermeiers Gesicht und ihr Körper zitterte leicht. Sie gingen zusammen ins Wohnzimmer, überall lagen Spielsachen herum.

Hermine schätzte Frau Obermeier auf Ende dreißig, sie hatte schulterlanges, braunes Haar, war mittelgroß und hatte ein nettes, ansprechendes Gesicht. Sie machte auf Hermine einen angespannten, eher unglücklichen Eindruck.

»Frau Hill, bitte entschuldigen Sie die Unordnung hier, aber die Kinder müssen nach der Schule immer erst noch etwas spielen, bevor sie mit den Hausaufgaben beginnen.«

»Wo sind Ihre Kinder jetzt?«

»Oben in ihren Kinderzimmern, Schulaufgaben machen.«

»Frau Obermeier, wo waren Sie am Montagmorgen gegen sieben Uhr?«

»Das war der Tag an dem Christiane ermordet wurde«, entgegnete Henriette Obermeier nervös. Sie überlegte ein paar Sekunden. »Sie dürfen aber meinem Mann nichts sagen. Ich habe mich um kurz vor sieben mit Klaus-Peter Hallmann auf dem Wanderparkplatz an der kleinen Dhünn-Talsperre getroffen. Wir haben ein Verhältnis.«

»Hat Sie jemand gesehen oder können Sie das irgendwie beweisen?« Henriette Obermeier erzählte Hermine jetzt die gleiche Geschichte über ihre Beziehung zu Klaus-Peter Hallmann und auch über die Vorsichtsmaßnahmen, die sie beide getroffen hatten.

»Ahnt Ihr Mann vielleicht etwas von Ihrer Affäre?«

»Nein, auf gar keinen Fall. Mein Mann geht jeden Morgen um halb sieben aus dem Haus zur Arbeit. Um kurz vor sieben bringe ich die Kinder zum Schulbus an die Straße und an den Tagen, an denen ich mich mit Klaus-Peter treffe, fahre ich dann direkt zum Wanderparkplatz; offiziell zum Joggen bis zur Staumauer zur Großen Dhünn-Talsperre und wieder zurück.«

»Aber Ihr Mann muss doch misstrauisch sein, wenn Sie Joggen fahren. Hier vor Ihrer Haustür liegt doch der Wald mit verschiedenen Wegen.«

»Das war mein Mann am Anfang auch, aber ich habe ihm erzählt, dass die Leute ihre Hunde oft nicht anleinen und dann, wenn es auch nur zum Spielen ist, an einem hochspringen. Da ich ein wenig Angst vor Hunden habe, war das einleuchtend für ihn.«

Vor dem Haus fuhr ein Auto vor.

»Das muss mein Mann sein,« rief Henriette Obermeier aufgeregt.

»Frau Obermeier, Sie sollten Ihren Mann jetzt einweihen, Ihre Aussage lässt sich nicht verheimlichen. Ich gehe jetzt. Bitte halten Sie sich zu unserer weiteren Verfügung bereit.«

Henriette Obermeier hatte Tränen in den Augen als Hermine das Haus verließ.

Hermine fuhr anschließend zum Haus von Hallmanns, die Kollegen trugen Plastikwannen mit Ordnern aus dem Haus.

»Hallo Leute, habt ihr noch etwas Brauchbares gefunden?«

»Auf den Dokumenten der Erbschaft haben wir die Fingerabdrücke von Herrn Hallman und einer weiteren Person gefunden, die wir aber noch nicht identifizieren konnten. Und unter der Schreibtischunterlage von Frau Hallmann noch diese Visitenkarte, ebenfalls mit den Fingerabdrücken von Herrn Hallmann,« antwortete Björn Freitag.

»Björn, fahre bitte zur Nachbarin Frau Obermeier und nehme ihre Fingerabdrücke ab,« bat Hermine.

FÜNFZEHN

Manuel Fechtner setzte sich gut gelaunt in sein Auto. Er kam gerade aus dem Landgericht in Wuppertal und hatte seinen Mandanten vor einer langen Haftstrafe wegen schwerer Körperverletzung bewahren können.

So, jetzt habe ich erst mal drei ruhige Wochen vor mir, dachte er. Mein Chef ist für drei Wochen in den USA auf Urlaub, Gerichtstermine gab es erst nach dessen Rückkehr, die Schulen hatten ab nächster Woche Sommerferien. Das bedeutete wenig Tagesgeschäft, ein paar Akten wälzen, Fristverlängerungen beantragen und den ein oder anderen Prozess vorbereiten. Das Handy klingelte und auf dem Display erschien der Name Burgmann. Manuel Fechtner meldete sich, »Hallo Chef, ich denke Sie sitzen im Flieger nach New York?«

»Dachte ich auch«, antwortete Wilfried Burgmann, »aber der Flieger hat eine Stunde Verspätung. Weshalb ich mich melde, ich habe gerade einen Anruf von einem ehemaligen Schulkameraden erhalten Er wird beschuldigt seine Frau umgebracht zu haben. Fahren Sie bitte so schnell wie möglich zu ihm, Name und Adresse schicke ich Ihnen per WhatsApp. Er weiß Bescheid, dass Sie kommen und mich vorerst vertreten. So, der zweite Aufruf zum Boarding. Ich muss. Ich melde mich, wenn ich in den USA bin«, er legte auf.

Manuel Fechtners Handy brummte und er fand alle Kontaktdaten in der WhatsApp seines Chefs.

Zu früh gefreut, dachte sich Manuel und fuhr los.

Knapp eine Stunde später war Manuel Fechtner bei Klaus-Peter Hallmann im Verhörzimmer. Er stellte sich vor und ließ sich das Mandat bestätigen, als es im Flur laut wurde und mehrere Stimmen zu hören waren.

Die Tür ging auf und Hermine trat ein. Manuel Fechtner und Hermine stellten sich gegenseitig kurz vor.

Hermine war überrascht, einem so jungen Anwalt gegenüberzustehen. Sie schätzte ihn auf Anfang dreißig, er sah sehr gepflegt und seriös für sein Alter aus. Der dunkelblaue Anzug saß tadellos, das weiße Hemd mit zum Anzug farblich abgestimmter Krawatte, alles vom feinsten. Sieht nach einem Streber aus, ging es Hermine durch den Kopf.

»Herr Hallmann, gut dass Sie Ihren Anwalt hinzugezogen haben. Es sind weitere Verdachtsmomente und Beweise gegen Sie hinzugekommen. Ich muss Sie vorläufig festnehmen unter dem Verdacht Ihre Frau ermordet zu haben. Die Streifenbeamten werden Sie jetzt zum Untersuchungs-gefängnis nach Köln überführen.«

»Momentmal«, unterbrach Manuel Fechtner. »Ich hatte noch keine Gelegenheit mit meinen Mandanten ausführlich zu sprechen, welche Haftgründe werfen Sie ihm vor?«

»Herr Anwalt, Sie können gerne noch heute mit Herrn Hallmann in Köln sprechen, oder morgen früh. Um elf Uhr morgen möchte ich Herrn Hallmann ein weiteres Mal verhören, wir treffen uns dann im Untersuchungsgefängnis.«

Manuel Fechtner verabredete sich mit Hallmann für acht Uhr morgens des nächsten Tages und sah auf dem Weg zum Ausgang, wie Hermine im Nebenraum mit ihren Kollegen sprach. Hermine unterrichtet ihr Team über den aktuellen Stand der Ermittlungen und bat Peter Zabel, den Notar zu kontaktieren, der in den Erbschaftsdokumenten aufgeführt war, und um die Funkzellenauswertung für den Mordtag in der Region des Wanderparkplatzes.

Monika Kurze wurde beauftragt die Nachbarn zu befragen, ob das Verhältnis von Klaus-Peter Hallmann und Henriette Obermeier bekannt war und ob jemand von der Pistole von Hallmanns wusste.

Paul Strawinski bekam die Aufgabe für eine Woche jeden Morgen von sechs bis acht Uhr auf dem Parkplatz an der Talsperre Wanderer und Jogger zu befragen, ob sie Klaus-Peter Hallmann und Henriette Obermeier dort schon mal gesehen hatten, insbesondere am Morgen des Mordes.

Hermines Handy klingelte, sie nahm ab, Björn Freitag war am Apparat. Sie ging ins Nebenzimmer, um ungestört telefonieren zu können. Klaus-Peter Hallmann war bereits mit Streifenbeamten unterwegs nach Köln. Die anderen konnten vom Büro aus nur Wortfetzen verstehen, aber Hermine wirkte sehr aufgeregt. Danach rief sie anscheinend Hans Steiner, ihren Chef an, hier auch die aufgeregte Stimme. Hermine beendete das Gespräch nach einer halben Stunde und kam wieder ins Büro zurück.

»Peter, bestellen Sie bitte einen Streifenwagen zum Haus von den Obermeiers. Die Situation hat sich geändert, auf der Dokumentenmappe der Erbschaft von Christiane Hallmann waren auch die Fingerabdrücke von Henriette Obermeier.
Ich habe gerade mit Hans Steiner telefoniert und ihm den Ermittlungsstand mitgeteilt. Wir gehen davon aus, dass Herr Hallmann und Frau Obermeier gemeinschaftlich Christiane Hallmann getötet haben. Mord aus Habgier. Peter, ich möchte Sie bitten mich zu begleiten. Ich weiß nicht wie Herr Obermeier auf die Nachricht reagiert, wenn wir seine Frau vorläufig festnehmen.«

Im Büro war es für einige Sekunden mucksmäuschenstill, Paul fand als erster Worte. »Na, dann hat das Dorf jetzt aber sehr viel Gesprächsstoff für die nächsten Wochen.«

Hermine und Peter Zabel trafen zeitgleich mit dem Streifenwagen bei Obermeiers ein und klingelten an der Haustür. Hanno Obermeier, ein mittelgroßer, untersetzter Mann, unfreundliches Erscheinungsbild, öffnete und rief

»Henriette, für dich, deine neue Freundin« und ließ die beiden vorbeigehen.

Im Wohnzimmer saß Henriette Obermeier, ihre Augen waren verweint. Die Kinder befanden sich anscheinend in ihren Zimmern.

»Frau Obermeier, ich nehme Sie vorläufig fest, Sie werden beschuldigt, zusammen mit Herrn Hallmann dessen Frau getötet zu haben!«

»Frau Obermeier, ich empfehle Ihnen dringend einen Rechtsanwalt hinzuzuziehen, alles was Sie jetzt aussagen kann vor Gericht gegen Sie verwendet werden.«

Henriette Obermeier wurde leicht hysterisch und rang nach Worten, als die Polizeibeamten sie mitnahmen.

»Nimm dir einen Pflichtverteidiger, den einzigen Anwalt, den ich beauftrage, ist der für die Scheidung«, schrie Hanno Obermeier seiner Frau nach.

»Herr Obermeier, wussten Sie von der Affäre Ihrer Frau?« fragte Hermine.

»Nein, sonst hätte ich dem Hallmann eins aufs Maul gegeben und meine Frau rausgeschmissen!«

»Wo waren Sie am Montag um sieben Uhr?«

»Im Büro bei der Arbeit, da können Sie alle meine Kollegen fragen und jetzt gehen Sie!«

»Hermine, wo fahren wir hin?« fragte Peter Zabel, als sie im Auto saßen und nicht Richtung Dorf fuhren.

»Ich wollte mir mal den Wanderparkplatz anschauen, um zu sehen, ob der hintere Parkplatzbereich wirklich nicht einzusehen ist.«

Sie setzte Peter Zabel am Anfang des Parkplatzes ab und fuhr dann bis zum Ende. Als Achtzehnjährige, sie ging noch zum Gymnasium, war sie fast jeden zweiten Tag hierhergefahren und um die Kleine Dhünn-Talsperre gejoggt. Normalerweise konnte man nur bis zur Staumauer laufen und dann zurück, aber wenn man über die Staumauer lief, konnte man damals durch eine Zaunlücke auch auf der anderen Seite zurücklaufen. Das war zwar verboten, aber der Reiz, diesen fast unberührten Waldweg zu laufen, war zu groß. Einmal wurde sie von jemanden vom Wupperverband angesprochen und ermahnt.

Peter Zabel kam zu Hermine. »Ich konnte Ihren Wagen nicht sehen, hier hinten ist alles ziemlich zugewachsen.«

»Dann haben Hallmann und Obermeier vielleicht gedacht, sie hätten eine gute Idee gehabt. Aber wenn sie Montag wirklich hier waren, dann sitzen sie jetzt umsonst ein. Mal sehen was Paul in den nächsten Tagen noch rausbekommt.«

»Glauben Sie, die beiden waren es?«

»Peter, wenn ich mir die bisherigen Beweise anschaue, dann glaube ich das schon. Wir müssen in den nächsten Tagen weitere Indizien finden, um die Beweislage sicherer zu machen. Rein menschlich tut mir Frau Obermeier leid, die ist mit ihrem Mann schon gestraft genug.«

»Lösen wir die Einsatzzentrale in der Schule auf?«

»Nein, noch nicht. Ich bin morgen früh in Köln im Büro und fahre dann zu Vernehmungen ins Untersuchungsgefängnis. Ich bin gegen vierzehn Uhr wieder in Dhünn. Wie ist denn Ihre Meinung zu den Beteiligten, Peter?«

»Ich weiß es nicht. Das ist in all den Dienstjahren meine erste große Mordermittlung. Es ging nur alles auf einmal sehr schnell heute, ich hatte damit ehrlich gesagt nicht gerechnet. Am meisten ärgere ich mich über mich selbst, dass ich nicht vorher herausgefunden habe, dass der Bruder von Christiane

Hallmann bereits tot ist. Aber anscheinend war der Tod des Bruders noch nicht amtlich dokumentiert gewesen.«

»Peter, sie haben recht, das ist zwar ärgerlich, hatte aber auf den bisherigen Verlauf der Ermittlungen keinen negativen Einfluss. Lassen sie uns für heute Feierabend machen, es war nicht nur ein ereignisreicher Tag, es war auch sehr anstrengend.«

SECHZEHN

Manuel Fechtner war bereits um halb sieben von Remscheid losgefahren, aber nach der Ausfahrt Burscheid begann mal wieder der obligatorische Stau auf der A1 und das, obwohl die Sommerferien bald beginnen würden. Er war nach seiner Stippvisite in Dhünn sofort in die Kanzlei nach Remscheid gefahren und hatte dort im Internet nach Zeitungsausschnitten über den Mordfall gesucht. Dann hatte er sich über die Mediathek noch TV-Berichte aus dem Regionalprogramm dazu angeschaut und die Facebook-Seiten von Christiane und Klaus- Peter Hallmann durchstöbert. Die Informationen hatte er noch sortiert und einen Fragenkatalog für die heutigen Gespräche erstellt. Um kurz nach acht betrat er das Besucherzimmer im Untersuchungsgefängnis und bat den Wärter hinauszugehen.

»Guten Morgen Herr Hallmann, sorry für die kleine Verspätung, aber der Stau auf der A1 war mal wieder gigantisch.«

»Kenne ich«, kam die knappe Antwort von Hallman.

»Holen Sie mich hier raus! Ich habe die ganze Nacht kein Auge zugekriegt und das Frühstück war miserabel.«

»Herr Hallmann, ich tue mein Bestes, aber zuerst müssen Sie mir eine Frage ehrlich beantworten, damit ich bei unserem anschließenden Gespräch mit Oberkommissarin Hill entsprechend agieren kann. Haben Sie Ihre Frau umgebracht?«

»Nein, Nein, Nein! Ich habe meine Frau nicht umgebracht. Es stimmt, wir hatten momentan Eheprobleme, sonst wäre das mit Henriette auch nie passiert. Alles fing damit an, dass wir Kinder wollten und der Arzt Christiane empfohlen hatte, beruflich kürzer zu treten, weniger Stress und so. Christiane hatte dann ihre leitende Position in der Werbeagentur vor fünf Jahren aufgegeben. Sie war oft bis spät in der Nacht und auch an den Wochenenden in Meetings, Kundenveranstaltungen oder zu Druckabnahmen von Katalogen, oder ist auch wegen anderen Sachen zum Teil über mehrere Tage bis nach Polen gefahren.

Sie hat sich dann als freie Mitarbeiterin sogenannt als Freelancerin selbstständig gemacht und überwiegend ihre alte Agentur bei Projekten im Hintergrund unterstützt. Weniger Stress, mehr Zeit für Sex, aber es wollte nicht klappen. Hormontherapie, künstliche Befruchtung, nichts hat funktioniert. Dann, vor zwei Jahren, wurde sie schwanger und hat das Kind in der sechsten Woche verloren. Sie bekam Depressionen und ihrer kleinen Agentur ging es auch immer schlechter. Das Budget für klassische Werbung und damit für Druckaufträge wurde immer geringer. Die Kunden investieren lieber in Internetauftritte. Christiane hat sich dann vor einiger Zeit in Web-Design weitergebildet, aber sie wurde auch immer unzufriedener und so fing dann auch unsere Ehe an zu kriseln.«

»Was haben Sie mit der Polizei bisher besprochen, welche Beweise hat man gegen Sie?«

Klaus-Peter Hallmann fing an zu erzählen.

Hermine saß auf ihrem kleinen Balkon in Köln bei einer Tasse Kaffee. Sie hatte die zweite Nacht in ihrer neuen Wohnung geschlafen und genoss jetzt die Ruhe vor einem anstrengenden Tag. Sie war noch am Vorabend nach Köln zurück in ihre Wohnung gefahren.

Sie hatte die schmutzige Wäsche in die Waschmaschine im Keller gestopft und an ihrer Wohnungstür einen verwelkten Blumenstrauß mit einer Glückwunschkarte von Lukas gefunden. Sie nahm die Blumen und stellte sie in eine Vase ohne Wasser, dafür war es eh zu spät.

Später war sie dann noch die Berichte durchgegangen und hatte sich Stichworte für die heutigen Befragungen gemacht. Im Bett hatte sie sich dann noch bei Lukas über WhatsApp für den Blumenstrauß bedankt und ihm geschrieben, dass sie ihn am Wochenende anrufen würde.

Hermine hatte die Visitenkarte, die in Christiane Hallmanns Schreibtisch gefunden wurde, in der Hand und wählte die Festnetznummer mit der Vorwahl von Wuppertal.

»Kanzlei Ronny & Ronny, Sie sprechen mit Gwendolin Speck,« hörte Hermine eine Säuselstimme am anderen Ende der Leitung.

»Oberkommissarin Hermine Hill.«

»Womit kann ich Ihnen dienen?« säuselte es weiter

»Ich hätte gerne Herrn Max Ronny gesprochen, es geht um seine Mandantin Christiane Hallmann.«

»Ich verbinde, einen Moment bitte.«

»Max Ronny, guten Morgen Frau Hill, was kann ich für Sie tun?«

»Herr Ronny, ich habe hier eine Visitenkarte von Ihnen, die wir bei Christiane Hallmann gefunden haben.«

»Was ist mit Frau Hallmann geschehen?«

»Sie wurde am Montag getötet. War sie eine Mandantin Ihrer Kanzlei?«

»Frau Hill, Sie wissen, dass das der anwaltlichen Schweigepflicht unterliegt.«

»Herr Ronny, die Frau ist tot. Sie können ihr nur noch helfen ihren Mörder zu finden. Pro Bono versteht sich, Geld gibt es keines mehr von Frau Hallmann und einen richterlichen Beschluss bekomme ich schneller als gedacht. Dann komme ich mit Tatütata nach Wuppertal.«

»Na gut, Frau Hallmann war vor drei Wochen bei mir und hat sich zum Thema Scheidung beraten lassen.«

»Hat Sie irgendeinen Grund angegeben?«

»Ich glaube nicht, Moment ich schaue mir die Akte kurz an. Nein, keinen Scheidungsgrund, sie wollte nur wissen, wie die Vermögensaufteilung ausfallen würde. Da kein Ehevertrag vorliegt, hätte sie das Haus ihrer Eltern behalten. Wertsteigerungen durch Renovierung, Bar- und Sachvermögen wären unter den Eheleuten aufgeteilt worden, plus den Versorgungsleistungen bzw. – ausgleich.«

»Hat sie sich auch nach Erbschaften während der Ehe erkundigt?«

»Ja, jetzt wo Sie es sagen, dass hat sie besonders interessiert. Ich habe ihr dann gesagt, dass Erbschaften oder Lotteriegewinne auch zum Zugewinn dazu gerechnet würden.«

»Wie oft war Frau Hallmann bei Ihnen?«

»Nur das eine Mal.«

»Vielen Dank für Ihre Hilfe, Herr Ronny.«

»Vielleicht lernen wir uns ja mal persönlich kennen.«

»Nein, das glaube ich nicht, dafür müsste ich erst einmal meinen Traumprinz finden und heiraten«, antwortete Hermine und legte lachend auf.

Hermine und Staatsanwalt Frank Sippel betraten den Besucherraum im Untersuchungsgefängnis. Manuel Fechtner und Klaus-Peter Hallmann unterhielten sich angeregt.

»Guten Morgen Zusammen, ich habe zu unserer Vernehmung noch Herrn Staatsanwalt Sippel mitgebracht.«

»Rechtsanwalt Manuel Fechtner, zuerst einmal beschwere ich mich im Namen meines Mandanten über die nicht gerechtfertigte Festnahme.«

»Herr Kollege, es war eine vorläufige Festnahme, aus meiner Sicht durchaus begründet, und wir sind hier nicht vor Gericht, ihre Show kommt bestimmt noch,« konterte Staatsanwalt Sippel.

Sippel war Mitte vierzig, verheiratet und hatte zwei Kinder. Er liebte seinen Beruf, auch wenn die Hemmschwelle für Kapitalverbrechen immer niedriger wurde und die Verbrecher immer jünger. Wenn er einen Beschuldigten an der Angel hatte, ließ er ihn nicht mehr los, bis er verurteilt wurde.

Seine Bilanz erfolgreicher Verurteilungen konnte sich sehen lassen.

»Herr Hallmann«, riss Hermine das Gespräch wieder an sich.

»Sie haben uns gestern gesagt, dass Sie die Dokumentenmappe mit den Erbschaftsunterlagen Ihres verstorbenen Schwagers nicht kennen. Stimmt das so?«

»Ja«

»Wieso sind dann Ihre Fingerabdrücke auf der Mappe?«

»Als Sie mich Montag aufsuchten und mir den Tod meiner Frau mitteilten, war ich danach sehr verwirrt und habe angefangen Unterlagen zu sortieren, da fiel mir die Mappe in die Hände.«

»Hat außer Ihnen sonst noch jemand die Mappe angefasst?«

»Nein, niemand.«

»Herr Hallmann, wie kommen denn dann die Fingerabdrücke von Henriette Obermeier auf die Mappe?«

»Ach so, ja. Am Abend sind Nachbarn zum Kondolieren gekommen. Henriette ging als letzte und ich habe ihr die Mappe gezeigt.«

»Herr Hallmann, wollen Sie uns eigentlich für dumm verkaufen! Ich frage Sie etwas, Sie lügen mich an. Ich beweise Ihnen das Gegenteil und Sie erinnern sich dann und erzählen eine Geschichte. Wussten Sie, dass sich Ihre Frau scheiden lassen wollte?«

»Nein, keine Ahnung.«

»Schon wieder erwischt beim Schummeln! Wir haben Ihre Fingerabdrücke auf der Visitenkarte der Kanzlei Ronny & Ronny „Scheidung nach Maß" gefunden.«

»Ihre Antwort können Sie sich sparen. Ich nehme an, zufällig gefunden beim Sortieren der Unterlagen.«

»Hören Sie mit Ihren Unterstellungen auf, Frau Hill!« rief Manuel Fechtner dazwischen. »Sie verunsichern meinen Mandanten, provozieren eine Falschaussage, um daraus Indizien zu basteln. Können Sie davon irgendetwas beweisen?«

»Dann erklären Sie mir doch bitte mal, wie die Mordwaffe, hier ist der Bericht der KTU, in das Gartenhaus Ihres Mandanten gekommen ist?«

»Die Waffe hat ihm jemand untergeschoben.«

»Na klar, der große Unbekannte. Die Antwort hätte auch von Herrn Hallmann kommen können. Nur komisch, dass außer Herrn Hallmann und seiner Frau niemand von der Waffe wusste, und diese normalerweise im Safe verschlossen war, dessen Kombination auch nur die Beiden kannten«, gab Hermine gelassen zurück.

»Und sein Alibi? Er war mit Henriette Obermeier auf dem besagten Wanderparkplatz, als der Mord geschah.«

»Meine Kollegen, Peter Zabel und Paul Strawinski, haben mich vorhin angerufen. Die Funkzellenabfrage war, wie zu erwarten, negativ und eine Befragung heute Morgen auf dem Wanderparkplatz hat ergeben, dass wir drei Jogger befragen konnten, die am Montag dort zur Tatzeit Laufen waren und weder Frau Obermeier noch Herrn Hallmann dort gesehen haben bzw. deren Fahrzeuge. Der Geschichte mit den Handys können wir nach den vorherigen Lügen auch keinen Glauben schenken.«

»Herr Hallmann, machen wie es kurz, aufgrund der bestehenden Indizien werden Sie beschuldigt, gemeinsam mit Ihrer Geliebten Henriette Obermeier, Ihre Frau aus Habgier ermordet zu haben. Montag früh werden Sie dem Haftrichter vorgeführt «, unterbrach Frank Sippel Hermine.

»Henriette«, entfuhr es Hallmann »Sie haben Henriette verhaftet?«

»Ja«, entgegnete Hermine. »Gestern Abend noch. Wir werden sie im Anschluss verhören.«

»Wer vertritt sie?« fragte Manuel Fechtner.

»Pflichtverteidiger ist Rechtsanwalt Alfred Urbinski«, antwortete Frank Sippel und verließ mit Hermine den Raum.

Manuel Fechtner musste erst ein paar Mal ein- und ausatmen, bevor er die Sprache wiederfand.

»Herr Hallmann, warum haben Sie mir nicht erzählt, dass sie die Mappe und Visitenkarte kannten und angefasst haben. Jetzt sieht es genauso aus, wie es aussehen soll und hat Sie nur noch verdächtiger gemacht. Fingerabdrücke hat man schon vor hundert Jahren nachweisen können. Ich werde jetzt Akteneinsicht bei der Staatsanwaltschaft beantragen und mich mit dem Pflichtverteidiger von Henriette Obermeier verabreden. Dann schauen wir weiter. Und Sie überlegen bitte in der Zwischenzeit, ob Sie mir wirklich alles erzählt haben. Wir sehen uns Montag früh zum Haftprüfungstermin.«

Auf dem Rückweg zum Büro war die Autobahn frei und Manuel Fechtner musste aufpassen, nicht wie ein Verrückter Gas zu geben, er war wütend auf Hallmann und sich selbst. Er hätte Hallmann auf die Fragestellung und Konsequenzen bei Falschaussagen besser vorbereiten müssen. Als er von Hallmann hörte, er habe ein Alibi für die Tatzeit, war er zu arglos gewesen. Die erste Runde ging eindeutig an Hermine Hill und den Staatsanwalt. Er musste sich jetzt auf Montag vorbereiten, um beim Haftprüfungstermin zumindest eine Aussetzung der Untersuchungshaft zu erreichen. Die Chancen waren allerdings mehr als gering. Das wird ein arbeitsreiches Wochenende, dachte Manuel, aber die Fete seines Freundes würde er sich am Samstag nicht entgehen lassen.

Hermine traf am frühen Nachmittag in Dhünn ein. Sie begrüßte ihr Team im Büro. »Hallo Zusammen!«

»Wie ist es gelaufen?« fragte Peter Zabel.

Hermine berichtete über die Vernehmung von Hallmann.

»Und bei Henriette Obermeier?« hakte Monika Kurze nach.

»Henriette Obermeier steht kurz vor einem Zusammenbruch. Für sie ist erst einmal eine Welt zusammengebrochen. Sie konnte nicht begreifen, warum sie festgenommen wurde, und hat unentwegt ihre Unschuld beteuert und immer wieder erzählt, dass sie zur Tatzeit mit Hallmann auf dem Wanderparkplatz gewesen ist. Als Staatsanwalt Sippel ihr dann mitgeteilt hat, dass Anklage gegen sie und Hallmann erhoben wird, bekam sie einen Weinkrampf und wir mussten einen Arzt rufen. Ihr Anwalt ist noch geblieben, um sie auf den Haftprüfungstermin am Montag vorzubereiten.«

»Mir tut die Frau leid«, bemerkte Paul Strawinski, »wie besprochen werde ich bis Ende nächster Woche noch Befragungen auf dem Wanderparkplatz durchführen. Vielleicht hat außer den drei Joggern doch noch jemand was gesehen.«

»Ich glaube, das kannst du dir sparen. Laut Funkzellenauswertung waren nur fünf Handys zur Tatzeit im Netz eingewählt«, entgegnete Peter Zabel.

»Paul, gut so, bleiben Sie dran. Wir können so auch im Prozess beweisen, dass wir alles versucht haben, um das Alibi zu überprüfen. Peter, konnten Sie den Notar erreichen?«

»Ja, das hat nach mehreren Versuchen geklappt. Der Notar ist auf internationale Erbschaften spezialisiert und wurde kurz nach dem Tod von Christiane Hallmanns Bruder beauftragt, die Erbschaft zu regeln. Der Bruder starb an Krebs. Das Geld liegt auf einem Treuhandkonto.«

»Christiane Hallmann hätte nur noch ein paar Formalitäten erledigen müssen, um das Geld ausbezahlt zu bekommen. Der Notar hatte auch nur Kontakt mit Frau Hallmann.«

»Wann hat der Notar Frau Hallmann zum ersten Mal kontaktiert?«

»Vor sechs Wochen. Frau Hallmann hat die Unterlagen dann beim Notar in Köln abgeholt und nochmals nach ca. einer Woche angerufen und sich eine Liste der zu erledigenden Formalitäten gemacht.«

»Monika, und bei Ihnen? Was haben die Nachbarn gesagt?«

»Leider keine neuen Erkenntnisse. Ich habe alle Nachbarn angerufen. Von der Affäre Hallmann mit Obermeier hatte niemand etwas mitbekommen. Dass die beiden mit ihren jeweiligen Partnern auf dem Osterfeuer Streit hatten und beide auch die Letzen am Feuer waren, wurde von einigen Nachbarn bestätigt. Von der Pistole Hallmanns wusste niemand etwas.«

»Danke, gute Arbeit, das gilt natürlich für jeden von Ihnen. Peter, könnten Sie bitte noch eine Bankauskunft über Hallmanns anfordern und Gesprächsnachweise für Festnetz- nummer und den Handys der letzten zwei Monate.

Ich möchte Sie bitten noch fehlende Berichte bis Dienstagnachmittag fertigzustellen. Wenn der Richter Montag die Untersuchungshaft der beiden bestätigt, werden wir die Zentrale hier am Dienstag abbauen. Wenn weitere Teambesprechungen nötig sind, können wir uns dann auf der Wache in Burscheid treffen oder in meinem Büro in Köln.

Ich bin Montag gegen Mittag zur letzten Teambesprechung hier und würde mit Ihnen dann im Anschluss gerne zusammen ein Bierchen in der Kneipe an der Dorfkastanie trinken. Kleines Dankeschön, für eine tolle Zusammenarbeit, ohne Ihren Einsatz hätte ich das hier nicht geschafft.«

»Da kommen wir gerne mit«, flötete Paul Strawinski »ein paar Bierchen montagabends ist ein schöner Start in die neue Woche!«

Hermine verbrachte den Abend bei ihren Eltern, als kleine Wiedergutmachung, nachdem sie gestern ihre Sachen gepackt hatte und Hals über Kopf nach Köln gefahren war. Ihre Eltern hatten bereits über den Dorffunk von den Verhaftungen gehört und waren geschockt, dass so etwas in ihrem Dorf passieren konnte. Natürlich löcherten sie Hermine mit vielen Fragen, aber Hermine blieb eisern und erzählte nichts.

Auf der Rückfahrt nach Köln rief sie Lukas an und sie verabredeten sich für Samstag auf eine Pizza in der Kölner Altstadt.

SIEBZEHN

Manuel Fechtner war auf dem Rückweg zu seinem Büro.

Die Anhörung vor dem Haftrichter war schlecht gelaufen und Hallmann musste weiterhin in Untersuchungshaft bleiben. Hallmann hatte sich für seine Lügen bei der Vernehmung durch Hermine Hill und dem Staatsanwalt entschuldigt und dieses mit Angst und Unsicherheit erklärt. Manuel hatte seine Einwände gegen die Beweislage aufgeführt, aber Richter Ulf Schmidt, genannt „Der Eiserne", hielt sich an die Fakten und Indizien. Der Staatsanwalt würde jetzt die Anklageschrift vorbereiten. Manuel erhielt zumindest eine Kopie der Ermittlungsakte und konnte diese jetzt erst mal durcharbeiten. Mit Henriette Obermeiers Anwalt hatte er sich für Mittwoch zum Frühstück im Café Zahm in Wermelskirchen verabredet.

Das Wochenende war für Manuel hart gewesen. Bis samstagabends hatte er gearbeitet und war dann auf die Fete gegangen und bis sechs Uhr morgens geblieben. Er hatte sich mit seinen Kumpels einen genehmigt, Sandra, ein nettes Mädchen, kennengelernt und sich mit ihr für nächsten Samstag verabredet. Um drei Uhr nachmittags am Sonntag lag er noch im Bett, als sein Chef Wilfried Burgmann anrief.

»Hallo Manuel, sorry, dass ich mich erst heute melde, aber wir hatten Probleme mit dem Netzbetreiber für unsere Handys in den USA. Was macht mein Schulkamerad Hallmann denn?«

»Hallo Chef, Ihr alter Freund geniest Vollpension auf Staatskosten und kann Ihre Rückkehr kaum erwarten.«

»Da wird er sich aber noch etwas gedulden müssen. Was ist passiert? Wie sieht es für ihn aus?«

Manuel schilderte seinem Chef den Fall und den aktuellen Stand.

»Das hätte ich dem Kerl gar nicht zugetraut. Was denken Sie denn?«

»Ich habe ihn gefragt und er hat gesagt, dass er unschuldig ist. Sie kennen ihn doch schon seit einigen Jahren, was glauben Sie denn?«

»Wir waren zusammen auf dem Gymnasium und haben uns dann erst wieder bei den Jahrgangstreffen gesehen. Und zwischendurch hatten wir auch mal eine Zeit lang miteinander geschäftlich zu tun. Nee, kann ich mir beim besten Willen nicht vorstellen, dass er seine Frau umgebracht hat.«

»Manuel, gehen Sie die Ermittlungsakte durch, sprechen Sie mit den Nachbarn, wir brauchen Verbündete, Leute die Hallmann in einem positiven Licht erscheinen lassen. Fragen Sie Hallmann, ob wir in seiner Firma Leute ansprechen dürfen, die ihn positiv beurteilen. Sprechen Sie mit dem Anwalt von der Obermeier, die darf nicht einknicken vor Gericht. Staatsanwalt Sippel ist karriegeil! Ich würde mich nicht wundern, wenn er der Obermeier ein geringeres Strafmaß anbietet, wenn sie gegen Hallman aussagt.«

»Fertig? Ich bin dran, den Termin mit Urbinski habe ich schon gemacht und die Nachbarn besuche ich, wenn ich deren Aussage kenne.«

»Danke Manuel, ich weiß, Sie machen das schon. So, jetzt gehe ich mit meiner Frau schön shoppen. Ich melde mich Ende der Woche nochmal, tschüss und viel Glück morgen.«

Tja, mit dem Glück hatte es wohl nicht sollen sein.

Manuel traf im Büro ein, warf die Akten auf seinen Schreibtisch und machte die Kaffeemaschine an.

Hermine ging direkt nach der Anhörung zum Kommissariat und informierte Hans Steiner. Mit seinen fünfzig Jahren war der ein alter Hase bei der Mordkommission. Obwohl er noch recht gut aussah und stets positiv gestimmt war, hatte er privat weniger Glück. Zweimal geschieden und drei Kinder.

Er liebte seine Arbeit und war sehr fleißig; leider hatten seine Ehefrauen hierfür kein Verständnis gehabt. Hermine mochte ihren Chef.

»Hermine, gute Arbeit. Bleibe bitte am Ball. Wir brauchen mehr Beweise. Bisher haben wir nur Indizien. Im Prozess reicht das eventuell nicht aus.«

»Ich weiß, wir sind dran. Ich werte jetzt noch die Gesprächsnachweise von Telefon und Handys aus und die Vermögensverhältnisse. Peter Zabel hatte mir die Unterlagen bereits heute Morgen gemailt, ich bin aber noch nicht dazu gekommen sie mir anzuschauen.«

»Haben wir noch andere Spuren oder Verdächtige? Du bist doch ursprünglich von einem Profi ausgegangen.«

»Ich werde natürlich auch noch in andere Richtungen ermitteln, wenn sich Ansatzpunkte ergeben, aber danach schaut es im Moment nicht aus.«

Hermine war auf dem Weg zur Grundschule. Sie dachte an Samstagabend und an ihr Treffen mit Lukas. Es war wie früher. Jeder erzählte, was er die Woche über erlebt hatte, Hermine natürlich nur oberflächlich, ohne ins Detail zu gehen, das war aus beruflichen Gründen schon nicht anders möglich, aber das akzeptierte Lukas auch immer. Beide vermieden es über die neue Nachbarin ihrer ehemals gemeinsamen Wohnung zu sprechen. Nach dem Pizzaessen gingen sie noch ins Brauhaus auf ein paar Kölsch, lachten über die verkleideten Leute, die Junggesellenabschiede feierten. Davon gab es in Köln an den Wochenenden immer mehr und einige Gastronomiebetriebe wollten die Feiernden auch gar nicht mehr in die Gaststuben lassen. Hermine und Lukas hatten dagegen ihren Spaß, wenn sie von einem zukünftigen Bräutigam oder der zukünftigen Braut zu Spielen aufgefordert wurden oder gegen ein Küsschen einen Euro spenden sollten.

Der Abend ging wie im Fluge vorüber. Lukas musste jetzt für zwei Wochen geschäftlich nach Brüssel reisen und danach wollten sie sich dann nochmals treffen. Hermine war etwas traurig, als sie dann allein in ihrer neuen Wohnung im Bett lag, aber sie hatte es ja nicht anders gewollt. Sonntags saß sie dann auf ihrem Balkon und bereitete sich auf den Haftprüfungstermin vor.

Hermine betrat das Büro in der Grundschule und begrüßte ihr Team.

»Wie ist es gelaufen?« fragte Peter Zabel als erstes.

»Der Richter ist unserer Argumentation und den Indizien gefolgt und hat die weitere Untersuchungshaft angeordnet. Hallmann war entsetzt, aber gefasst. Henriette Obermeier bekam wieder einen Weinkrampf und musste anschließend ärztlich behandelt werden. Die Frau tut mir leid, sie ist da irgendwie reingeschliddert und hat wohl jetzt erst ihren Fehler erkannt.«

»Oder sie ist wirklich unschuldig und verzweifelt, weil niemand ihr glaubt«, entgegnete Monika Kurze.

»Deshalb müssen wir weitere Beweise und Indizien sammeln, als Be- oder Entlastung«, entgegnete Hermine und fuhr fort »Peter, danke für die Gesprächsnachweise. Haben Sie sich die Daten mal angeschaut?«

»Ja, es war gar nicht so einfach sie auszuwerten. Hallmann und seine Frau nutzen die Handys sowohl privat als auch beruflich. Die Anrufe der Festnetznummer sind dagegen für zwei Monate recht übersichtlich, überwiegend von den Nachbarn.«

»Auch Telefonate mit den Obermeiers?«

»Nein. Aber ich bin mit meinen Auswertungen auch noch nicht durch. Dafür ist mir aber etwas bei den Bankunterlagen aufgefallen.«

»Es gibt ein Gemeinschaftskonto mit den üblichen Ein- und Auszahlungen. Ein Geschäftskonto von Frau Hallmann, überwiegend Einzahlungen für geleistete Projektarbeiten, und ein Provisionskonto von Herrn Hallmann. Hier waren bis Anfang des Jahres auch nur Einzahlungen für Provisionen und Spesen durch seine Firma. Seit April wurden aber auch größere Abbuchungen zwischen tausend und dreitausend Euro getätigt.«

»Gibt es dafür irgendwelche Belege oder Rechnungen?«

»Ich habe in den beschlagnahmten Ordnern nichts dazu gefunden. Allerdings ist mir eine Lebensversicherungspolice auf Gegenseitigkeit über zweihunderttausend Euro in die Hände gefallen«, beendete Peter Zabel seine Ausführungen.

»Die anderen Ordner müssen wir auch noch durchsehen, aber das können wir morgen machen. Ich habe mir überlegt, noch mindestens eine Woche länger unser Büro hier zu nutzen. Von hier aus kann ich dann noch die Nachbarn in Oberheide in den nächsten Tagen befragen«, entgegnete Hermine.

»Schade, dann wird das wohl nichts mit unseren Bierchen heute Abend«, schallte es aus der Ecke von Paul Strawinski.

Alle lachten.

»Kommt Leute, ich gebe wie versprochen einen aus, auch Zwischenergebnisse müssen belohnt werden!« rief Hermine und sie machten sich gemeinsam auf den Weg.

Unter der Dorfkastanie fanden sie einen gemütlichen Tisch und genossen die laue Sommernacht. Bei Kölsch, Cola und Schnitzel mit Pommes wurde viel gelacht. Monika und Paul gaben lustige Geschichten zum Besten, die sie während der Polizeiausbildung erlebt hatten. Peter Zabel erzählte von seinen beiden pubertierenden Töchtern, die er letztens in Remscheid bei Kollegen abholen musste, und Hermine sprach über ihre Dienstzeit in Köln.

Auf dem Fußweg zu ihrer Einliegerwohnung in Dhünn musste Hermine nochmals über die eine oder andere Anekdote ihrer Kollegen lachen. Sie hatte sich ein paar Bierchen genehmigt und war froh nicht mehr nach Köln fahren zu müssen.

ACHTZEHN

»Hey, wartet auf mich!« hörte Heinz Feldmann Gudrun Petersen unten vor dem Haus rufen. »Hallo Gudrun, geht es deiner Schulter besser, was machen die Prellungen?« fragte Gisela Schmidt.

»Ach, mit der Schulter wird noch länger dauern, deshalb ist der Arm in der Schlaufe, aber die Prellungen sind so gut wie weg und ich konnte es kaum erwarten wieder mit euch zusammen Gassi zu gehen.«

»Du musst deinen Hasso anleinen!« rief Liselotte Reimann.

»Warum, seit wann interessiert das denn jemanden?«

»Seit Christiane Hallmann ermordet wurde«, antwortete Josepha Rodrigues. »Nur weil unsere armen Lieblinge total verstört waren, als wir Christiane und Jette gefunden haben. Sie haben dann versucht, die Beiden durch liebevolles Abschlecken zu wecken. Die junge uniformierte Streifenbeamtin hat uns dann verwarnt, weil die Hunde nicht angeleint waren, stell dir das mal vor!«

»So ein Blödsinn!« unterbrach Ingrid Müller, »die haben unseren Schätzchen dann auch noch Speichelproben entnommen. Mein Zeus war danach total traumatisiert und hat in sein Körbchen gemacht.«

»Und gestern haben wir alle Post von der unteren Jagdbehörde bekommen, eine schriftliche Verwarnung mit Androhung einer Geldstrafe, wenn die Hunde nochmals nicht angeleint im Wald rumlaufen«, ergänzte Carmen Friedrichs.

»Unser Hasso hatte letzte Nacht Blähungen, in unserem Schlafzimmer stank es wie die Pest und wisst ihr was mein Mann sagte?«

»Gudrun, tu den Hund raus oder ich leih mir von Hallmann die Pistole.«

»Und was hast du! gemacht?« fragte Ingrid Müller neugierig.

»Ich habe meinen Mann auf die Wohnzimmercouch verbannt.« Die anderen Frauen lachten und nickten ihr zu.

Die Hundefrauen gingen dann gemeinsam los. Heinz Feldmann freute sich über die gute Nachricht. Dann konnte er endlich mit Marlene wieder abends seine Runde im Wald gehen, ohne angesprungen zu werden. In der letzten Woche liefen die Hundefrauen zur Höchstform auf. Sie spekulierten, wer der Mörder sein könnte, waren sich einig, als man Hallmann verhaftet hatte und völlig überrascht, dass Henriette die Geliebte war. Morgens und abends hatten Feldmanns Reality TV unter ihren Bade – und Küchenzimmerfenstern. Zuerst waren sie interessiert und amüsiert, jetzt wurde das ewige Gerede allerdings auch nervig.

Die Hundefrauen erreichten den Tatort. Die Absperrung war weg, aber man konnte noch die aufgemalten Konturen sehen, wo Christiane und ihr Hund gelegen hatten.

»Elfie, zieh nicht so«, ermahnte Carmen Friedrichs ihren Pudel. »Mutti kann nicht so schnell.«

»Die arme Jette«, entfuhr es Josepha Rodrigues.

»Und was ist mit Christiane?« frage Gisela Schmidt.

»Ja natürlich, aber Jette, ein unschuldiger kleiner Terrier, nur so aus Spaß getötet.«

»Und wenn das alles keine Zufälle sind? Zuerst hat Gudrun ihren Fahrradunfall mit Hasso, dann werden Christiane und Jette getötet« philosophierte Josepha Rodrigues weiter.

»Du meinst, wir und unsere Hunde leben gefährlich? Jemand könnte es auf uns abgesehen haben? Mir wird ganz mulmig bei diesem Gedanken. Ich kann das nicht glauben«, entgegnete Gisela Schmidt unruhig.

»Das die Obermeier und der Hallmann eine Affäre hatten, das habe ich nicht mitbekommen. Zu schade, wir hätten dann auch mal eine Runde an der Talsperre machen können«, resümierte Liselotte Reimann und tätschelte Sammy, ihren Golden Retriever, dabei.

»Anschauungsunterricht brauche ich nicht. Wenn ich Lust habe mische ich meinen Hermann eine blaue Kapsel unter das Essen und nach zwanzig Minuten ist der Mann nicht mehr zu bremsen!« entgegnete Ingrid Müller.

»Und wie lange hält das an? Und wo gibt es diese Pillen?« fragte Carmen Friedrichs neugierig.

»Ziemlich lange, mein Hermann ist dann mal erst außer Puste und schläft direkt ein und ich habe die Fernbedienung vom Fernseher. Die Pillen besorgt mir meine Tochter übers Internet, mein Schwiegersohn ist wohl auch kein Heißsporn mehr. Brauchst du auch welche?«

Alle anderen Frauen starrten Carmen Friedrichs an, die ihren hochroten Kopf schüttelte.

Die anderen Frauen lachten und gemeinsam gingen sie die morgendliche Gassi-Runde zu Ende.

NEUNZEHN

Hermine wählte eine Festnetznummer aus Hückeswagen, am anderen Ende der Leitung meldete sich eine Frau:

»Sabine Jacobs.«

Hermine stellte sich vor und erfuhr, dass Sabine Jacobs eine Freundin von Christiane Hallmann war. Hermine ließ sich die Adresse geben und fuhr umgehend nach Hückeswagen. Hier war sie früher oft an der Bever-Talsperre zum Schwimmen und Zelten gewesen. Ihr erster Freund wohnte dort und sie erinnerte sich noch an die diversen Stadtfeste.

Zwanzig Minuten später hielt sie vor der Haustür von Sabine Jacobs an und klingelte.

»Sie müssen die Frau Hill sein, bitte kommen Sie herein.«

Auf dem Weg ins Wohnzimmer fragte Sabine Jacobs »Wie sind Sie an unsere Telefonnummer gekommen?«

»Wir überprüfen momentan anhand der Gesprächsnachweise der Telefone die letzten Kontakte von Hallmanns. Wie gut kannten Sie Christiane Hallmann und ihren Mann?«

»Ich bin mit Christiane seit über dreißig Jahren befreundet, noch aus der Schulzeit. Jens, mein Mann, und ich waren sehr geschockt, als uns Klaus-Peter letzte Woche Montag vom Tod Christianes informierte. Wir mussten leider am nächsten Tag zur Hochzeit meiner Nichte nach München fahren. Wie geht es Klaus-Peter, wir konnten ihn am Sonntag nach unserer Rückkehr nicht erreichen?«

Hermine beobachtete jede Regung von Sabine Jacobs, während diese mit ihr sprach. Anscheinend war die Frau völlig ahnungslos.

»Wir haben ihn verhaftet, er wird dringend verdächtigt seine Frau umgebracht zu haben.«

»Das kann doch nicht wahr sein!« Sabine Jacobs ließ sich überrascht auf die Couch plumpsen.

Da sie etwas korpulenter war, hatte Hermine schon Angst, dass die Couch unter Sabine Jacobs zusammenbrach.

»Klaus-Peter wäre dazu nie in der Lage, wie kommen Sie bloß darauf, dass er etwas mit Christianes Tod zu tun haben könnte?«

»Dazu darf ich Ihnen nichts sagen, aber Sie können ihm und natürlich auch Christiane helfen, wenn Sie mir ein paar Fragen beantworten. Wie stand es um die Ehe der Hallmanns?«

»Eigentlich gut. Sie sind bzw. waren jetzt knapp 15 Jahre verheiratet, kannten sich aber schon einige Jahre davor. Als die beiden beschlossen, ein Kind zu bekommen und Christiane beruflich kürzer trat, kamen Spannungen auf, weil es partout nicht klappen wollte und die biologische Uhr von Christiane tickte.«

»Was denn für Spannungen?«

»Nachdem Hormonkuren und künstliche Befruchtung nicht funktionierten, wollte Christiane gerne ein Kind adoptieren, aber Klaus-Peter wollte das nicht. Er hat ihr dann den Hund geschenkt.«

»Hat Ihnen Christiane alles anvertraut?«

»Das weiß ich nicht, manchmal hatte ich den Eindruck, dass sie nicht alles erzählt.«

»Wussten Sie, dass Hallmanns eine Pistole hatten?«

» Nein, wie kommen Sie darauf?«

»Ihre Freundin wurde damit erschossen.«

Sabine Jacobs riss die Hände vor ihr Gesicht »Das kann ich nicht glauben!«

»Hat Christiane Ihnen gegenüber mal erwähnt oder die Vermutung geäußert, dass ihr Mann eine Affäre hat?«

»Nein, aber davon hätte sie mir bestimmt etwas gesagt.«

»Hatte Christiane eventuell einen Geliebten?«

»Nein, Sie hat so etwas nie erwähnt, ich glaube das auch nicht.«

»Hat Ihnen Christiane von ihrem Besuch bei einem Scheidungsanwalt erzählt?«

»Was erzählen Sie mir da alles? Nein, ganz bestimmt nicht.« Sabine Jacobs klang sichtlich überrascht und strich sich nervös durch die braune Kurzhaarfrisur. Ihre vorher weichen Gesichtszüge waren jetzt angespannt und sie wurde von Frage zu Frage blasser im Gesicht.

»Können Sie mir noch andere Freunde oder Verwandte nennen, die ich befragen kann?«

»Mein Mann und ich waren, soweit ich das weiß, die einzigen engeren Freunde. Hin und wieder hatten sie Besuch von Arbeitskollegen von Klaus-Peter oder von ihrem ehemaligen Arbeitgeber und von dem einen oder anderen Nachbarn. Verwandte gibt es bis auf Christianes Bruder, glaube ich, keine.

»Haben Sie den Bruder schon erreicht, er lebt, meine ich, in den USA?«

»Der Bruder ist vor einigen Wochen in den USA verstorben. Wussten Sie, dass er Christiane eine größere Geldsumme vererbt hat?«

»Nein, davon wusste ich nichts. Ich bin momentan völlig sprachlos und auch enttäuscht von meiner Freundin.«

»Das kann ich gut verstehen. Hier haben Sie meine Visitenkarte, wenn Ihnen oder Ihrem Mann noch etwas einfällt, rufen sie mich bitte an«, antwortete Hermine und bedankte sich für die Auskünfte.

Hermine aß unterwegs noch ein belegtes Brötchen und stellte ihr Auto gerade vor der Grundschule in Dhünn ab, als das Handy ging. Sie nahm das Gespräch an.

»Hier spricht Jens Jacobs, meine Frau hat mir gerade von Ihrem Besuch berichtet.«

»Da müssen wir uns aber knapp verpasst haben«, antwortete Hermine.

»Klaus-Peter und ich haben uns über unsere Frauen kennengelernt und sind eng befreundet. Sabine hat mir erzählt, Sie hätten nach einer Affäre von Klaus-Peter gefragt.«

»Ja das stimmt und wissen Sie etwas darüber?«

»Ja, seit dem Osterfeuer, eine Nachbarin, den Namen hat er nicht gesagt. Ich sage Ihnen das auch nur, weil vorhin im Radio eine Kurzreportage zum Mord in Dhünn lief und man berichtete, dass der Ehemann und seine Geliebte verhaftet wurden.«

»Und, was glauben Sie? Ist Ihr Freund ein Mörder?«

»Nein, nie und nimmer!«

»Ihr Freund hatte von einem separaten Bankkonto Anfang des Jahres viel Geld abgehoben, wussten Sie davon?«

»Nein, davon hat er nichts erzählt. Auch von einer Pistole hat er mir nie etwas gesagt. Überhaupt, in den letzten Wochen haben wir vier uns auch nicht mehr so oft gesehen. Die Spannungen in der Ehe von Klaus-Peter und Christiane belasteten auch unsere freundschaftliche Beziehung.«

»Herr Jacobs, vielen Dank, dass Sie mich angerufen haben und melden Sie sich bitte, wenn Ihnen noch etwas einfällt.«

Hermine betrat das Büro und berichtete ihren Kollegen kurz über ihr Gespräch mit Herrn und Frau Jacobs und fing daraufhin direkt damit an den Bericht zu schreiben, als Manuel Fechtner das Büro betrat.

»Hallo zusammen.«

»Herr Fechtner, haben Sie sich geirrt? Ihr Mandant sitzt in Köln«, begrüßte Hermine den Rechtsanwalt.

»Ich habe mir gerade den Tatort angeschaut, von da aus ist man durch den Wald aber schnell und ungesehen an der Gartenhütte von Hallmanns.«

»Wollen Sie Ihren Mandanten mit dieser Erkenntnis be – oder entlasten?« fragte Hermine amüsiert. »Kommen Sie, wir gehen nach nebenan in unseren Multifunktionsraum. Für Verdächtige dient er als Vernehmungsraum und für Gäste als Besucherzimmer. Sie können sich jetzt das passende für sich aussuchen.«

Manuel Fechner grinste. »Ich denke, Besucherzimmer passt ganz gut.« Beide gingen in den Nebenraum und setzten sich an den Tisch.

»Also, was wollen Sie von uns?« fragte Hermine direkt.

»Gibt es schon neue Erkenntnisse, die meinen Mandanten vielleicht entlasten könnten?« fragte Manuel Fechtner.

»Sie wissen, dass solche direkten Gespräche zwischen Polizei und Verteidigung eher unüblich sind, oder?«

»Frau Hill, Sie müssen doch zugeben, dass ein intelligenter Mann wie Herr Hallmann, der als Unternehmensberater extrem strukturiert vorgeht, nicht so blöd ist und die Mordwaffe in seinem Gartenhaus versteckt, zumal niemand von der Waffe, außer seiner Frau, wusste. Er hätte die Waffe doch dann wohl eher irgendwo verschwinden lassen, oder?«

»Herr Fechtner, die Diskussion sollten Sie sich für den Prozess mit dem Staatsanwalt aufbewahren. „Nobody is perfect". Auch einem Mörder unterlaufen Fehler, sonst würden wir die ja nicht fassen können.«

»Würden Sie mich denn informieren, wenn Sie etwas Entlastendes finden. Ich glaube nicht, dass die beiden einen Mord begangen haben. So wie Henriette Obermeier auf mich nervlich gewirkt hat während der Anhörung vor dem Haftrichter, hätte Sie das nie durchgestanden, einen Mord zu planen und gemeinschaftlich auszuführen.«

»Auch das sind reine Spekulationen, die im Prozess zur Sprache gebracht werden können. Aber ich kann Sie beruhigen, wir ermitteln in alle Richtungen weiter, nur bisher gibt es außer Herrn Hallmann und Frau Obermeier keine anderen Ermittlungsansätze. Aber Sie können mir einen Gefallen tun, fragen Sie doch mal Herrn Hallmann, warum er von seinem Provisionskonto mehrere tausend Euro ab April abgehoben hat. Wussten Sie eigentlich, dass die Hallmanns eine Lebensversicherung über mehrere hunderttausend Euro auf Gegenseitigkeit abgeschlossen haben?«

»Das ist ja alles schön und gut, natürlich werde ich meinen Mandanten befragen und wenn er damit einverstanden ist, Sie auch darüber informieren. Aber wenn jede Lebensversicherung direkt als potenzielles Mordmotiv gilt, dann sollte man so was abschaffen, finden Sie nicht auch?«

»Herr Fechtner, wir sehen uns bei der nächsten Vernehmung bei Ihrem Mandanten, schön dass Sie uns besucht haben.«

»Können wir noch in das Haus der Hallmanns fahren? Herr Hallmann hatte mich gebeten ein paar Bücher mitzubringen.«

»Meine Kollegin Frau Kurze wird Sie begleiten.«

Manuel Fechtner verlies frustriert das Besucherzimmer und machte sich auf den Weg zu Hallmanns Haus. Er hatte gehofft, über Hermine weitere Informationen zu erhalten und einen freundschaftlicheren Kontakt herzustellen. Aber er hatte sich geirrt, die sympathische Oberkommissarin hatte Haare auf den Zähnen und lies niemand an sich heran.

Hermine schrieb noch ihren Bericht zu Ende und verabredete sich für den nächsten Morgen mit Monika Kurze, als diese nach ihrem Kurzausflug mit Manuel Fechtner wieder im Büro erschienen war.

ZWANZIG

Hermine und Monika Kurze trafen sich am nächsten Morgen um sieben Uhr an der Schule und fuhren zusammen zum Tatort. Sie wollten gemeinsam nochmals die Nachbarinnen befragen. Gegen halb acht trafen die Hundefrauen am Tatort ein.

»Guten Morgen, die Damen«, grüßte Hermine.

»Guten Morgen, das glaube ich doch jetzt nicht, sind Sie extra so früh aufgestanden, um zu prüfen, ob auch unsere Hunde angeleint sind?« fragte Liselotte Reimann mürrisch.

»Nein, deswegen sind wir nicht hier, wir wollten Sie, nachdem über eine Woche seit dem Tod von Christiane Hallmann vergangen ist, nochmals befragen, ob Ihnen vielleicht zwischenzeitlich doch noch das ein oder andere eingefallen ist, was für unsere Ermittlungen gegebenenfalls wichtig sein könnte.«

»Hill? Sind Sie verwandt mit den Hills aus dem Dorf?«

»Ja, das sind meine Eltern.«

»Na sowas, Zufälle gibt es im Leben!« rief Gudrun Petersen.

»Also, ich kann seitdem nicht mehr ruhig schlafen und habe auch jeden Morgen Angst davor eine neue Leiche zu finden«, fand Giesela Schmidt als erstes ein paar Worte.

»Geht mir genauso«, bemerkte Ingrid Müller. »Von der Affäre haben wir doch alle nix mitbekommen. Und dann noch die Obermeier. Hanno ist doch Mister Eifersucht persönlich.«

»Das die sich das getraut hat«, warf Carmen Friedrichs ein.

»Dem Hanno würde ich alles zutrauen, aber Henriette, unglaublich!«

»Was denken Sie denn über Herrn Hallmann?« hakte Monika Kurze nach.

»Ach, genau das gleiche wie bei Henriette, völlig unverständlich.«

»Sehr netter Mann und immer hilfsbereit, hat auch gerne im Sommer zusammen mit uns mal ein Bierchen bei uns auf der Terrasse getrunken«, antwortete Carmen Friedrichs.

»Aber die Christiane war in letzter Zeit schon etwas sonderlich. Die wollte so gerne ein Kind und es hat nicht geklappt. Da können schon mal unruhige Zeiten in der Partnerschaft einkehren«, gab Josepha Rodrigues zum Besten.

»Hat Frau Hallmann vor kurzem eine Erbschaft erwähnt oder, dass ihr Bruder in den USA gestorben ist?«

»Die hat überhaupt nicht viel von sich erzählt«, mischte sich Liselotte Reimann ein. »Sie hat sich uns angeschlossen, als sie den Hund von ihrem Mann bekommen hat und uns über Hundehaltung ausgefragt. Sie ist auch oft ohne uns losgegangen oder später dazu gekommen, ganz wie es ihr beliebte.«

Hermine und Monika Kurze bedankten sich und gingen zurück zu ihrem Wagen.

»Das hat uns jetzt nicht viel gebracht«, bemerkte Monika.

»Stimmt, bis auf die Tatsache, dass Christiane Hallmann nicht besonders beliebt war. Aber die Damen wissen mehr, als sie gesagt haben.«

»Wie kommen Sie darauf, Hermine?«

»Die Damen sind doch alle sehr neugierig und keine fragt uns, wie es passiert ist, oder warum Hallmann seine Frau wohl getötet haben könnte. Das ist schon seltsam.«

»In der örtlichen Presse und im Regionalfernsehen wird regelmäßig berichtet, vielleicht reicht den Frauen das aus.«

»Möglich« antwortete Hermine und startete den Wagen.

Das Café Zahm war weit über die Stadtgrenzen von Wermelskirchen aus bekannt und berühmt für seine Pralinen und Torten. Alfred Urbinskis Rechtsanwaltskanzlei war nur einige hundert Meter vom Café entfernt.

Urbinski und Fechtner kannten sich vom gemeinsamen Studium an der Uni und hatten sogar ein paar Praxissemester bei derselben Kanzlei in Köln absolviert. Urbinski war rein zufällig an das Mandat von Henriette Obermeier gekommen und freute sich, so Manuel Fechtner wieder zu sehen. Manuel trat ein und sie begrüßten sich.

»Hallo Alfi, lange nicht gesehen. Du hast Dich kaum verändert. Laufen dir die Mädels immer noch hinterher oder bist du zwischenzeitlich sesshaft geworden?«

»Hallo Manu, ich freue mich auch, dich zu sehen. Du hast dich auch kaum verändert. Du siehst jetzt ein bisschen smarter und seriöser aus. Aber um auf deine Frage zurückzukommen, ich bin seit einem halben Jahr verlobt.«

Die Bedienung kam und beide bestellten sich das große Schlemmerfrühstück mit Rührei und Schinken und als Zugabe noch zwei Pralinen.

»Alfi, was macht deine Kanzlei, wie läufts?«

»Das erste Jahr war sehr hart, hätten meine Eltern nicht die Büromiete und Versicherungen gezahlt, dann hätte ich es wohl nicht geschafft. Jetzt erhalte ich das ein oder andere Mandat und mit ein paar Pflichtverteidigungen komme ich über die Runden. Und du, glücklich bei Kanzlei Wilfried Burgmann?«

»Ist okay, er bezahlt pünktlich und angemessen, gibt mir nicht nur die langweiligen Fälle und ich lerne auch noch dazu. Er ist momentan noch für drei Wochen in den USA und bat mich, den Fall so lange zu übernehmen. Hast du dir die Akten schon angeschaut?«

»Ich habe die Akten erst gestern bekommen und kurz überflogen, Manu. Mir macht momentan mehr Henriette Obermeier Sorgen, sie ist unter permanenter ärztlicher Aufsicht.«

»Mein Chef glaubt, Staatsanwalt Sippel ist so karrieregeil, dass er ihr ein Angebot machen könnte, wenn sie gegen Hallmann aussagt.«

»Hat er schon.«

»Wie bitte!« rief Manuel aufgebracht.

»Direkt bei der ersten Vernehmung hat er Henriette gut zugeredet: Frau Obermeier, Sie sind doch eine kluge junge Frau, vielleicht wussten Sie ja gar nicht, dass Ihr Geliebter seine Frau umbringen wollte und hat Sie nur als Alibi benutzt. Als Kronzeugin kämen Sie mit ein paar Jahren auf Bewährung davon und könnten so Ihre Kinder dann weiterhin jeden Tag sehen. Überlegen Sie es sich, ich spreche Sie noch einmal darauf an, wenn Sie besser dran sind.«

»Und, wie hat sie reagiert?«

»Sie hat unter Tränen gesagt, sie würde nicht lügen, alles was bisher gesagt wurde, entspräche der Wahrheit. Aber ich bin mir sicher, sie wird ihre Meinung noch ändern, wenn der Prozess näher rückt. Schon der Kinder wegen. Als Anwalt müsste ich ihr auch dazu raten. Glaubst du, die beiden sind unschuldig?«

»Alfi, bitte zögere eine belastende Aussage so lange wie möglich bei Frau Obermeier hinaus. Ich glaube nicht, dass die beiden Frau Hallmann umgebracht haben. Hallmann ist zu intelligent und strukturiert, der behält nicht die Mordwaffe und konstruiert ein Alibi, das ihm nichts nützt. Da steckt was anderes dahinter und ich versuche es herauszubekommen.«

»Solange Frau Obermeier unter ärztlicher Aufsicht steht, werde ich keine weitere Befragung zulassen. Aber eine Erbschaft und das Haus sind schon ein starkes Motiv.«

Sie genossen noch ihr Frühstück und unterhielten sich über private Dinge. Beim Abschied versprachen sie sich gegenseitig, sich auf dem Laufenden zu halten.

Manuel fuhr im Anschluss zu Klaus-Peter Hallmann und begrüßte ihn im Besucherzimmer der Kölner Justizvollzugsanstalt. Beide saßen sich wie immer an einem kleinen Tisch gegenüber.

»Hallo Herr Hallmann, wie geht es Ihnen?«

»Man gewöhnt sich an alles. Die letzte Nacht konnte ich erstmals durchschlafen und an das Essen hat sich mein Magen auch gewöhnt. Was gibt es Neues?«

»Ich war gestern am Tatort und auf dem Wanderparkplatz. Da haben Sie sich wirklich ein verschwiegenes Plätzchen ausgesucht, leider. Und die Handys nicht mitzunehmen bzw. die Funkverbindung zu unterdrücken, ist in unserem Fall ebenfalls nicht gut. Ich war dann noch bei Frau Hill im Dhünner Büro. Keine Chance, die Dame zu beeinflussen. Ganz im Gegenteil. Dafür durfte ich mit einer Kollegin in Ihr Haus und habe Bücher und Anziehsachen mitgebracht.«

Klaus-Peter Hallmann nahm die mitgebrachten Sachen dankbar an sich und nickte erfreut als er die drei Buchtitel las.

»Ich werde hier noch verrückt. Den ganzen Tag zermartere ich mein Hirn, wer Christiane umgebracht haben könnte, aber ich habe keine Idee. Und dieses blöde Alibi mit Henriette. Hätte ich doch bloß meinen Mund gehalten, anstatt sie zu belasten!«

»Ihre Geliebte macht mir momentan auch Sorgen«, begann Manuel und erzählte von seinem Treffen mit Alfred Urbinski.

»Ich könnte es ihr noch nicht mal verdenken, wenn Henriette eine Notlüge nutzen würde, um ihre Kinder nicht zu Verlieren«, entgegnete Hallmann anschließend resigniert.

»Herr Hallman, die Polizei hat herausgefunden, dass Sie ab April größere Geldbeträge von Ihrem Provisionskonto abgehoben haben?«

»Ja, das stimmt. Die Weihnachtsfeier der Firma war letztes Jahr im Spielcasino Hohensyburg. Es fing mit einem Abendessen an, dann gab es für alle eine einstündige Einweisung am Roulette Tisch und zehn Euro Startkapital. Ich habe an dem Abend fast tausend Euro gewonnen, unfassbar. Im März hatte ich beruflich in Hagen zu tun und war dann wieder im Casino und hatte abermals Glück. Unsere Ehekrise fing dann im April an und von da an bin ich dann mehrmals im Monat in das Spielcasino gefahren, um mich abzulenken. Ich habe dann in den folgenden Wochen leider immer mehr Geld verzockt.«

»Wusste Ihre Frau davon?«

»Nein, das Provisionskonto gehört mir, es ist für Spesen und kleinere unterjährige Sonderzahlungen der Firma. Meine Frau kennt das Konto, hat aber keinen direkten Zugang. Ich habe dann im Juni die Kurve gekriegt und bin zur Suchtzentrale gegangen. Gott sei Dank war es noch nicht zu spät. Nach drei Sitzungen war ich geheilt und bin seitdem auch nicht mehr in Hohensyburg oder in einem anderen Spielcasino gewesen.«

»Das ist gut, aber wir werden das erst einmal für uns behalten, sonst behauptet man noch, Sie wären spielsüchtig und bräuchten Geld. Man hat auch eine Lebensversicherung in Ihren Unterlagen gefunden.«

»Die haben wir vor über zehn Jahren auf Gegenseitigkeit abgeschlossen, falls dem anderen etwas passiert. Das ist doch normal, oder nicht?«

»Solange kein Mord geschieht, ja. Jetzt wird man es als weiteres Motiv ansehen.«

»Hören Sie Herr Fechtner, ich habe vom Tod meines Schwagers, der Erbschaft und dem Kontakt zu einem Scheidungsanwalt erst nach dem Tod meiner Frau erfahren, als ich ihren Schreibtisch nach Hinweisen für den Mord durchsuchte.«

»Glauben Sie mir doch wenigstens, bitte.Ich war doch völlig durch den Wind, nachdem mich Frau Hill informiert hatte. Ich habe keine Ahnung, warum Christiane mir das alles verschwiegen hat und das Wort Scheidung ist in unserer Ehe kein einziges Mal gefallen.«

Manuel Fechtner konnte in den Worten seines Mandanten die pure Verzweiflung erkennen. Es schien, als habe er jetzt endlich erkannt, dass die Polizei jedes noch so kleine Indiz gegen ihn als Beweis seiner Schuld sammelte.

»Herr Hallmann, geben Sie mir bitte noch die Kontaktdaten von Ihren Freunden und Bekannten und ihrer Firma. Vielleicht erhalte ich entlastende Hinweise oder zumindest Aussagen von Leuten, die von ihrer Unschuld überzeugt sind und dies auch vor Gericht aussagen würden.«

Hallmann notierte die Namen und Adressen wie gewünscht.

»Bei meiner Firma müssen Sie vorsichtig agieren, ich hatte für vier Wochen Urlaub beantragt, um mich um die Beerdigung und den Schreibkram zu kümmern. Niemand weiß, dass ich zwischenzeitlich verhaftet wurde.«

»Keine Sorge, das haben bereits die Presse, Funk und Fernsehen übernommen. Umso besser, wenn ich mit Ihrer Firma telefoniere, ihnen die aktuelle Situation erkläre und Bitte, von voreiligen Entscheidungen abzusehen«, antwortete Manuel Fechtner.

Klaus-Peter Hallmann wurde wieder in seine Zelle gebracht und war froh jetzt wenigstens etwas lesen zu können, um sich abzulenken. Er konnte immer noch nicht begreifen, wie er in diese Situation hereinschlittern konnte.

Manuel Fechtner war auf dem Rückweg in sein Büro, dort würde er sich jetzt eine Liste der zu kontaktierenden Personen machen, die gegebenenfalls Angaben zum Geschehen machen können oder zumindest Hallmann in einem positiven Licht erscheinen ließen.

EINUNDZWANZIG

Manuel Fechtner rief am nächsten Tag in der Firma von Klaus-Peter Hallmann an und sprach mit der Geschäftsleitung. Man war sehr überrascht, als man aus den Medien von der Verhaftung erfuhr und dankte Manuel für den Anruf.

Offiziell galt Hallmann für Kunden als krank und man hatte auch aus der Kundschaft noch keine Rückfragen aufgrund der Medienberichte erhalten. Hallmann wurde als besonnen, fleißig, loyal und sehr umgänglich beschrieben. Manuel bat um Geduld. Er versicherte außerdem, dass er nicht von Hallmann als Täter ausging.

Er durfte dann noch mit den Kollegen von Hallmann sprechen und alle wünschten ihm viel Glück. Verwertbare Hinweise gab es allerdings nicht.

Auch das Gespräch mit Sabine und Jens Jacobs brachte Manuel nicht weiter. Sabine berichtete von dem Gespräch mit Hermine Hill. Manuel konnte Sabine Jacobs und ihren Mann dazu bewegen, vor Gericht einen positiven Leumund für Hallmann abzugeben.

Etwas später fuhr Manuel nach Oberheide, um mit den Nachbarn zu sprechen. Vor dem Haus von Obermeiers stand ein Auto und er hielt an und klingelte. Hanno Obermeier öffnete die Tür.

»Guten Tag, mein Name ist Manuel Fechtner, ich bin der Anwalt von Herrn Hallmann.«

Hanno Obermeier griff hinter die Tür und hielt drohend einen Stockschirm in der Hand. »Hau ab, du Arsch! Ist mir doch völlig egal, ob meine Frau und der Hallmann im Gefängnis vermodern. Das habe ich doch schon dem Anwalt meiner Frau gesagt. Verpiss Dich!«

Manuel ging wortlos zu seinem Auto und sah auf der gegenüberliegenden Straßenseite ein handbemaltes Schild „Herzlich Willkommen in Oberheide" – na, wenn das mal keine freundliche Begrüßung war, dachte er und stieg ein.

Bei Carmen Friedrichs hatte er mehr Glück. Nachdem er sich vorgestellt hatte, gingen sie auf die Terrasse und Frau Friedrichs holte Kaffee und selbstgemachte Plätzchen.

Manuel nahm in einem der gemütlichen Korbsessel Platz. Laut den Unterlagen waren Frau Friedrichs und ihr Mann beide einundsechzig Jahre alt. Dafür hat sie sich aber gut gehalten, dachte Manuel. Sie hatte eine attraktive Figur und eine sehr freundliche und angenehme Stimme.

»Ach, das ist alles so schrecklich, Herr Fechtner. Von heute auf morgen ist Oberheide zum Hotspot für Verbrechen geworden. Im Dorf wird man nur noch schief angeguckt, als ob man ein Verbrecher wäre. Alle rufen an und fragen scheinheilig, ob man etwas geahnt hätte. Die Presse und das Fernsehen rufen wegen Interviews an. Nein, das ist alles zu viel.«

Pudeldame Elfie bettelte Manuel um ein Plätzchen an und gab erst Ruhe, bis sie eins hatte.

Das Gespräch war sehr nett, aber ohne neue Informationen. Manuel besuchte danach Gisela Schmidt. Balu, der Münsterländer, sprang direkt an Manuel hoch. Auch hier bekam er Kaffee und Plätzchen serviert. Gisela Schmidt war alleinstehend und im gleichen Alter wie Friedrichs. Anscheinend legte sie sehr viel Wert auf ihr Äußeres. Bluse, kurze Strickjacke und die Hose waren farblich aufeinander abgestimmt. Passendes Make-Up und Pumps rundeten das Bild ab.

»Hanno Obermeier mit seiner permanenten Eifersucht, der hat doch einen Dachschaden.«

»So ein Heuchler, den habe ich doch schon selbst im Wald mit einer fremden Frau knutschen gesehen.«

Manuel horchte auf und notierte sich die Information.

»Und wann war das, Frau Schmidt?« hakte er nach.

»Ach, das ist bestimmt schon zwei Jahre her.« Manuels Euphorie war im nu verschwunden, aber die Nachricht würde er Hermine Hill zuspielen, die konnte sich den Proll ja nochmal vorknöpfen.

Der Besuch bei Ingrid Müller brachte auch nichts Neues. Schäferhund Zeus war die ganze Zeit am Knurren, kein Kaffee, keine Plätzchen, keine Informationen. Wohlwollend blickte Manuel durch die fast transparente weiße Bluse von Ingrid Müller und dachte, na wenigstens was fürs Auge.

Ingrid Müller hatte einen deutlich jüngeren Mann, wie sie beiläufig erwähnte, und legte auch viel Wert auf ihr Äußeres. Allerdings war sie für Ende Fünfzig viel zu jugendlich angezogen. Wer trägt in dem Alter noch Hotpants, wenn Oberschenkel und Beine es nicht mehr zuließen, dachte Manuel.

Josepha Rodrigues traf er auf der Straße mit ihrem Irish Setter Bella, aber sie konnte auch nicht mehr dazu beitragen als was Manuel bereits wusste. Manuel fiel sofort der südländische Teint von Josepha Rodrigues auf.

Die pechschwarzen Haare waren zum Zopf zusammengebunden. Eine sehr attraktive und sportliche Frau, empfand Manuel.

Gudrun Petersen stand mit Boxer Hasso am Gartentor vor einem alten typisch bergischen Haus und schilderte Manuel detailliert ihren Fahrradunfall. »Da rennt mein lieber Hasso links einem Hasen nach und reißt den Lenker rum, ich stürze und breche mir die Schulter, aber Hassolein ist glücklicherweise nichts passiert. Zum Tod von Christiane kann ich nichts sagen.«

»Ich bin erst diese Woche wieder mit den anderen Nachbarinnen mitgegangen. Außer mal einen Kaffee oder ein Bier zusammen im Garten trinken, mehr war nicht mit den Hallmanns.«

Liselotte Reimann war in der Stadt einkaufen und Feldmanns arbeiteten in ihrer Druckerei. Zumindest diese Informationen von Gudrun Petersen ersparten Manuel vor verschlossenen Türen zu stehen.

Manuel hatte auch noch kurz mit Herrn Petersen gesprochen, beide machten auf ihn den Eindruck eines netten, freundlichen Paares. Sie war wohl schon in Rente und er musste noch ein Jahr arbeiten. Beide hatten sich bereit erklärt, im Falle einer Gerichtsverhandlung positiv über Hallmann auszusagen.

Manuel war über jeden Entlastungszeugen dankbar.

Er entschied sich, in Oberheide erst einmal Schluss zu machen, in Wermelskirchen eine Currywurst mit Pommes zu essen und dann zur Druckerei zu fahren. Auch wenn er sich davon nicht viel versprach, aber seine Tagesliste würde er konsequent abarbeiten.

Heinz Feldmann bat Manuel in den kleinen Besprechungsraum der Druckerei. »Herr Fechtner, meine Frau nutzt die Mittagszeit gerne für Einkäufe, ich hoffe ich kann Ihnen auch allein weiterhelfen.«

»Ich versuche mir ein Bild von Hallmanns zu machen und auf diesem Weg entlastende Hinweise zu finden. Mit den Nachbarinnen habe ich schon heute Vormittag gesprochen, die konnten mir aber leider nicht wirklich weiterhelfen.«

»Da haben Ihnen die Hundefrauen aber nicht ganz die Wahrheit gesagt.«

»Hundefrauen? Wie meinen Sie das?«

Heinz Feldmann erzählte Manuel, wie er und seine Frau Marlene täglich Ohrenzeugen der neusten Gerüchte aus

Oberheide und Umgebung wurden und dass dies der Grund war, warum sie die Nachbarinnen nur noch die Hundefrauen nannten.

»Seit dem Tod von Christiane laufen die Gespräche der Frauen auf Hochtouren. Am Tag vor der Verhaftung von Klaus-Peter wussten die Hundefrauen schon von der bevorstehenden Hausdurchsuchung am nächsten Tag, auch dass die Auswertungen von Christianes Handy und Laptop nichts gebracht haben. Wir sind immer auf dem aktuell neusten Stand der Ermittlungen, pünktlich jeden Morgen im Bad und die Wiederholung zum Abendbrot in der Küche«, beendete Heinz Feldmann seinen Bericht.

»Aber das sind meiner Meinung nach interne Ermittlungsergebnisse, woher haben die Frauen diese Informationen?«

»Fragen Sie mal die Reimann, aber den Tipp haben Sie nicht von mir.«

»Haben Sie Frau Hill auch von den Hundefrauen erzählt?«

»Ja, allerdings, bevor die Frauen mit ihrem Tagesrapport angefangen haben. Meine Frau und ich hatten uns vorgenommen, den Mund zu halten. Ärger mit den Nachbarn kann in so einer Stadt wie Wermelskirchen auch Ärger für das Geschäft bedeuten, aber das mit Hallmann und Henriette geht mir echt nahe. Sagen Sie Liselotte Reimann aber bitte nicht, dass ich Sie geschickt habe.«

Manuel war unterwegs zurück nach Oberheide. Er konnte immer noch nicht fassen, was Heinz Feldmann ihm vorhin erzählt hatte. Wenn er beweisen könnte, dass Liselotte Reimann detaillierte Polizeiinformationen hatte, und ihre Freundinnen damit jeden Tag fütterte, gab es zumindest Zweifel an den bisherigen Ermittlungsergebnissen gegen Hallmann und Henriette Obermeier. Liselotte Reimann öffnete die Haustür und Sammy, der Golden Retriever, knurrte.

»Guten Tag, Frau Reimann. Ich bin Manuel Fechtner, der Anwalt von Herrn Hallmann.«

»Kommen Sie herein, ich weiß Bescheid, meine Freundinnen haben schon gesagt, dass Sie kommen werden.«

Sie gingen ins Wohnzimmer und Manuel nahm in einer gemütlichen Sitzecke Platz.

»Ich mache uns jetzt eine Tasse Kaffee und Kuchen habe ich ganz frisch vom Bäcker mitgebracht.«

Liselotte Reimann verließ das Wohnzimmer. Sie sah genauso aus, wie Heinz Feldmann sie beschrieben hatte. Eine stattliche ältere Frau, freundlich und bestimmend. Mit ihren siebzig Jahren hatte sie bestimmt schon so einiges durchgemacht, das sie die Wortführerin der Hundefrauen war, konnte sich Manuel gut vorstellen.

Manuel schaute sich an den Wänden Fotos an, ein Hochzeitsbild und ein Bild, vermutlich von Frau Reimanns Mann. Daneben hing ein Bild mit einem Ehepaar und einem kleinen Jungen in kurzer Hose. Auf weiteren Bildern war der Junge dann mit Reimanns zu sehen. Auf dem Sideboard standen Bilder, auf denen der Junge als Erwachsener abgebildet war und Manuel wusste auf einmal, woher er diesen Mann kannte.

Frau Reimann kam mit Kaffee und Kuchen in das Zimmer.

»Sie haben aber schöne Familienbilder an den Wänden hängen.«

»Ach ja, es sind Erinnerungen an vergangene Tage. Unser Hochzeitsbild von 1975, da waren mein Mann und ich noch sehr jung. Und jetzt ist er schon seit zwei Jahren tot.«

»Und das Ehepaar mit dem kleinen Jungen?«

»Das ist meine jüngere Schwester Marie mit ihrem Mann und ihrem Sohn.«

»Der Bub war damals fünf Jahre alt. Meine Schwester war damals so glücklich, mit Anfang vierzig doch noch ein Kind zu bekommen. Kurz nachdem das Bild aufgenommen wurde, sind meine Schwester und ihr Mann bei einem Autounfall ums Leben gekommen. Wir haben den Bub dann bei uns aufgenommen wie unser eigenes Kind. Für meinen Mann und mich war es Trauer und Segen zugleich, denn wir konnten keine Kinder bekommen.«

»Das mit ihrem Mann und ihrer Schwester tut mir sehr leid. Könnte ich noch einen Kaffee bekommen?«

»Ja gerne,« antwortete Frau Reimann und ging in die Küche.

Manuel nutze die Gelegenheit und machte mit seinem Handy ein Foto von dem Bild auf dem Sideboard.

Frau Reimann kam zurück aus der Küche. »Ach, der Bub hat uns so viel Freude gemacht. Wie heute alle jungen Leute, ist er dann mit achtzehn ausgezogen und hat eine Ausbildung angefangen. Als mein Mann dann vor zwei Jahren gestorben ist, bin ich in ein tiefes Loch gefallen. Der Bub kommt seitdem mindestens zweimal die Woche vorbei zum Abendessen, damit ich nicht so alleine bin.«

Manuel lenkte das weitere Gespräch auf den Tod von Christiane Hallmann und Lieselotte Reimann war auf einmal in ihrem Element. Christiane war die jüngste der Hundefrauen und ließ sich nicht herumkommandieren. Dies war für die resolute Frau Reimann nicht akzeptabel. Deshalb hatte sie auch keine gute Meinung von Christiane Hallmann.

Manuel verließ kurz darauf Liselotte Reimann. Er hatte ganz bewusst darauf verzichtet Frau Reimann auf die Detailinformationen, die Heinz Feldmann ihm genannt hatte, anzusprechen.

Manuel saß jetzt fast eine Stunde im Auto und überlegte, wie er weiter vorgehen sollte. Mit dem Mann auf dem Bild konnte er unter Umständen den ganzen Prozess platzen lassen.

Seinen Chef konnte er nicht erreichen. Er fasste einen Entschluss und rief Hermine Hill an.

»Herr Fechtner, mit Ihnen habe ich jetzt aber nicht gerechnet. Was kann ich für Sie tun?«

»Frau Hill, wir müssen uns treffen, es gibt neue Hinweise im Fall Hallmann.«

»Kommen Sie zur Grundschule, ich bin da.«

»Ein neutraler Ort wäre mir lieber. Im Café Zahm in einer halben Stunde?«

»Herr Fechtner, es ist nicht üblich, dass Ermittler und Verteidiger sich treffen und dann auch noch verschwörerisch in einem Café.«

»Frau Hill, wenn Sie wissen, worum es geht, verstehen Sie den Treffpunkt. Sollten Sie nach unserem Gespräch der Meinung sein, dass das alles Bullshit war, bezahle ich die Rechnung und noch ein Tablett voll Kuchen für Ihre Kollegen, ansonsten zahlen Sie die Rechnung.«

»Ich komme«, antwortete Hermine, zog ihre Jacke an und machte sich auf den Weg nach Wermelskirchen.

Hermine betrat das Café Zahm und ging zu dem etwas abseits gelegenen Tisch von Manuel Fechtner.

»Da bin ich aber gespannt, was Sie mir zu erzählen haben.« Die Bedienung kam und sie bestellten Kaffee und Kuchen.

»Waren Sie schon mal im Wohnzimmer von Liselotte Reimann?«

»Nein, ist dort der wahre Mörder versteckt?« antwortete Hermine belustigt.

»Nicht ganz«, antwortete Manuel und wartete ab, bis die Bedienung Kaffee und Kuchen serviert hatte. Er erzählte Hermine dann von seinen Gesprächen mit Heinz Feldmann.

Je mehr Manuel Fechtner erzählte, umso mehr musste Hermine sich zusammenreißen, sie aß ihren Erdbeerkuchen mit Sahne sehr konzentriert, obwohl ihr dabei spei übel wurde.

»Herr Fechner, dafür muss es eine simple Erklärung geben«, widersprach Hermine.

Manuel unterbrach Hermine und zeigte ihr das Bild auf seinem Handy. »Die Erklärung ist auch simpel und sieht so aus.«

Hermine ließ die Gabel auf den Kuchenteller fallen. Sie konnte nicht glauben, was sie jetzt sah. »Das ist Paul Strawinski aus meinem Team, die roten Haare und das Sommersprossengesicht sind nicht zu übersehen.«

»Ich weiß. Ich habe Ihren Kollegen letztens in der Grundschule gesehen.« Manuel erzählte Hermine von seinem Gespräch mit Liselotte Reimann und ihrem Ziehsohn Paul.

Hermine wurde mit jedem Wort unruhiger und als Manuel fertig gegessen hatte, saß sie zusammengesunken auf ihrem Stuhl.

»Warum erzählen Sie mir das alles. Sie hätten zum Staatsanwalt gehen können oder hätten die Bombe im Prozess platzen lassen können?«

»Das war auch mein erster Gedanke, Ihre Indizien hätte ich alle anzweifeln können. Herr Hallmann und Frau Obermeier würden höchstwahrscheinlich freigesprochen. Aber der Mörder würde frei herumlaufen, vielleicht nie gefasst werden, und die Beiden blieben mit einem Freispruch zweiter Klasse immer die wahrscheinlichen Mörder.

Das möchte ich den beiden ersparen. Überlegen Sie, was Sie mit den neuen Informationen machen wollen und rufen Sie mich dann an. Ich habe eine einzige Bedingung, lassen Sie uns zusammenarbeiten, Hermine.«

»Herr Fechtner, ach Quatsch, Sie haben recht, Manuel, DANKE!«

»Ich melde mich morgen früh bei Ihnen. Ich muss jetzt erst einmal nachdenken und dann meinen Chef informieren.« Hermine stand auf. »Bedienung, ich möchte bitte zahlen!«

Hermine meldete sich für den Rest des Tages bei ihrem Team ab. Sie hielt an der Tankstelle an der Autobahn, kaufte sich gegen ihre Gewohnheit ein Sixpack Bier und fuhr in ihre Wohnung nach Köln. Schon auf der Fahrt machte sie sich Vorwürfe, die Kollegen nicht auf etwaige Befangenheit angesprochen zu haben. Paul Strawinski kannte das Opfer, die vermeintlichen Täter und auch alle Nachbarn von Oberheide. Es war schon verwunderlich, dass das während den Ermittlungen niemandem aufgefallen war. Steckten vielleicht alle drei aus ihrem Team unter einer Decke und hatten etwas mit dem Tod von Frau Hallmann zu tun? Hermine stellte ihre Fähigkeiten, ihr Team und die Ermittlungsergebnisse in Frage.

Zuhause setzte sie sich auf ihren Balkon und überlegte, wie sie die Informationen vielleicht nutzen könnte. Manuel Fechtner hatte Recht, Hallmann und Henriette kamen frei und alle würden weiterhin glauben, sie hätten womöglich doch etwas mit dem Mord zu tun. Hermine saß bis in die frühen Morgenstunden auf dem Balkon, trank das Sixpack leer und überlegte sich die nächsten Schritte. Um vier Uhr früh glaubte sie, eine Lösung gefunden zu haben und ging ins Bett.

ZWEIUNDZWANZIG

Hans Steiner betrat um halb acht sein Büro. Hermine saß vor seinem Schreibtisch. »Guten Morgen Hermine, bist du aus dem Bett gefallen oder hast du kein Zuhause?«

»Guten Morgen Hans. Wir, beziehungsweise ich, haben ein Problem«, begann Hermine und berichtete Hans Steiner von ihrem Treffen mit Manuel Fechtner.

Hans Steiner stand wortlos von seinem Schreibtisch auf, ging zur Kaffeemaschine, schaltete die Maschine an, füllte Wasser und Kaffeebohnen nach und machte zwei Kaffee. Er stellte eine Tasse vor Hermine ab.

»Hermine, du darfst jetzt keine Schuldgefühle haben und in Selbstmitleid verfallen, sonst muss ich dir den Fall abnehmen. Der junge Rechtsanwalt scheint in Ordnung zu sein, andere ständen schon mit der Presse vorm Präsidium und würden uns grillen. Solche Dinge passieren, wir sind auch nur Menschen, keine Maschinen. Wichtig ist jetzt, das Richtige aus der Situation zu machen. Was hast du vor?« entgegnete Hans Steiner in seiner gewohnt väterlichen Art.

»Der Mörder muss im Umfeld von Herrn Hallmann zu finden sein. Die Tatwaffe ist eindeutig identifiziert und gehört den Hallmanns. Über die Hundefrauen hatte der Mörder die Möglichkeit die Waffe Herrn Hallmann unterzujubeln, damit wir sie bei ihm finden. Das heißt aber auch, dass wir die ganze Zeit unbewusst zum wahren Täter Kontakt hatten. Wir müssen den wahren Täter nochmal dazu bringen aktiv zu werden. Über Strawinski und Frau Reimann nehmen wir indirekt Kontakt mit ihm auf und schnappen ihn uns«, antwortete Hermine mit zurückgewonnenem Selbstbewusstsein.

»Weiß Frau Reimann, dass wir wissen, dass ihr Ziehsohn interne Ermittlungsergebnisse weitergegeben hat?«

»Nein.«

»Wie sieht es mit deinem restlichen Team aus?«

»Die müssen wir erst einmal außen vorlassen. Ich werde heute und das ganze Wochenende alle Aufzeichnungen und Berichte Wort für Wort durchgehen. Ich muss etwas finden, womit wir den wahren Täter ködern können. Das Team werde ich heute mit Routinearbeiten beschäftigen. Ich hoffe, nur Paul Strawinski hat Mist gebaut und die beiden anderen wussten nichts davon.«

»Hermine, wir treffen uns am Montag um acht Uhr hier. Ich hoffe du findest deinen Köder. Wie auch immer, am Montag muss ich den Vorgesetzten von Paul Strawinski und den Staatsanwalt informieren. Wenn du bis dahin einen Plan hast, umso besser.«

Hermine war nach dem Gespräch direkt nach Hause gefahren. Gott sei Dank hatte sie alle Unterlagen des Falles auf ihrem Rechner. Aus der Asservatenkammer besorgte sie sich noch den Laptop und das Handy von Christiane Hallmann.

Hermine saß auf ihrer Schlafcouch und rief Manuel Fechtner an und erzählte von ihrem Gespräch mit ihrem Chef.

»Hört sich gut an, Hermine. Aber was ist, wenn Sie bis Montag keinen Köder finden?«

»Dann können Sie Ihren Job als Rechtsanwalt machen und Staatsanwalt und Richter informieren. Für eine Aussetzung der Untersuchungshaft müssten Ihre Argumente allemal reichen. Können Sie bis Montag früh warten, oder wollen Sie heute schon Herrn Hallmann informieren?«

»Ich mache heute einen Tag Urlaub, aber Montag muss etwas passieren. Soll ich Ihnen bei den Auswertungen behilflich sein?«

»Nee, nee, das lassen wir mal lieber, ich habe einen Freund. Ich melde mich, wenn ich etwas finde.«

»Na gut, es ging mir auch nur um die Sache. Ich habe morgen schon ein Date.«

»Na, dann viel Spaß und ein schönes Wochenende, Manuel. Und nochmals vielen Dank für Ihre Hilfe und Unterstützung.«

Hermine ging alle Aufzeichnungen mehrmals durch. Sie fand keinen einzigen neuen Hinweis. Sie war seit Freitag nicht aus dem Haus gegangen, hatte sich von Tiefkühlpizza ernährt und sich abends ein Glas Wein genehmigt. Die frisch gestrichene, weiße Wohnzimmerwand war mittlerweile übersät mit Bildern, Skizzen und Frage- und Antwortzetteln. Sie fragte sich immer und immer wieder „Was übersehe ich?" Die Zeit rannte, der Montag war gerade eine Minute alt, da hatte sie eine Idee und schrieb in großen Buchstaben an die Wand „WAS FEHLT?"

Um drei Uhr morgens rief sie Manuel Fechtner an. »Manuel, können wir uns gleich um acht Uhr bei meinem Bäcker um die Ecke zum Frühstück treffen, ich glaube, ich habe was gefunden. Die Adresse schicke ich Ihnen aufs Handy.«

Manuel Fechtner war vom Schlaf zu benommen, um überhaupt antworten zu können. Er stellte seinen Wecker vor und drehte sich im Bett nochmal um.

Hermine schrieb Hans Steiner eine WhatsApp und bat, den Termin um eine Stunde auf neun Uhr zu verschieben.

Sie legte sich ins Bett, konnte aber nicht richtig einschlafen. Ihr ging die mögliche Lösung des Falles nicht aus dem Kopf. Um sieben Uhr stand sie schon unter der Dusche und überlegte nochmals jeden einzelnen Schritt, den sie mit Manuel besprechen wollte.

DREIUNDZWANZIG

Manuel war bereits um halb sieben losgefahren. Die A1 war montags immer besonders voll und er wollte nicht wieder aufgrund eines Staus zu spät kommen. Der Samstagabend mit Sandra war sehr schön, sie waren beim Griechen essen und dann anschließend noch in der Spätvorstellung im neuen Kino in Remscheid. Zum Abschluss hatten sie heftig geknutscht und sich für nächsten Samstag bei Manuel zum Essen verabredet. Er konnte zwar nicht kochen, kannte dafür aber einen Edelitaliener um die Ecke, der Frei Haus lieferte.

Nach dem Anruf von Hermine konnte er nicht mehr richtig weiterschlafen. Das Telefonat mit seinem Chef am Sonntagnachmittag ging ihm nicht aus dem Kopf. Die Vorgehensweise von Manuel fand er anfangs nämlich gar nicht gut. „Das Mandat steht im Mittelpunkt und wenn es eine Chance auf Haftverschonung gibt, dann hatte man die sofort zu nutzen", war seine Meinung. Nachdem Manuel seine Gründe nochmals erläuterte, beruhigte er sich und war damit einverstanden, die Polizei zu unterstützen.

Manuel betrat die Bäckerei um kurz vor acht, setzte sich zu Hermine und bestellte ein Croissant und einen Cappuccino. Hermine wollte gerade anfangen zu erzählen, als sie am Ecktisch ihre ehemalige Nachbarin mit einer anderen jungen Frau sah. Die Frauen standen gerade auf und blieben an Hermines Tisch stehen.

»Guten Morgen Hermine, lange nicht gesehen, seitdem du ausgezogen bist. Das ist Sarah, meine Lebensgefährtin, sie ist seit Samstag wieder in Köln und wohnt jetzt bei mir. Vielleicht sehen wir uns mal wieder bei Lukas. Tschüss.«

Hermine konnte nicht antworten. Sie wusste nur, wenn das alles hier vorbei war, dann hatte Lukas eine Entschuldigung verdient. Nach ein paar Sekunden hatte sie sich aber wieder gefangen.

»Manuel, ich habe etwas nicht gefunden.«

»Wie meinen Sie das?«

»Christiane Hallmann hatte mehrmals mit dem Notar wegen der Erbschaft telefoniert und mindestens zweimal mit dem Scheidungsanwalt. Aber in den Gesprächsnachweisen von Festnetz und Handy habe ich keine entsprechenden Telefonate finden können.«

»Gut, und was heißt das?«

»Christiane Hallmann muss noch ein zweites Handy besitzen, oder haben Sie eine Telefonzelle in Oberheide gesehen? Und von den Nachbarn aus hat sie bestimmt nicht angerufen.«

»Das zweite Handy könnte auch der Täter mitgenommen haben«, merkte Manuel an.

»Wir müssen mit Herrn Hallmann sprechen. Vielleicht weiß er, ob seine Frau ein zweites Handy hatte und wo es vielleicht abgeblieben sein könnte.«

Manuel bezahlte das Frühstück und nahm Hermine in seinem Auto mit. Hermine rief Hans Steiner an und bat darum, die Besprechung nochmals zu verschieben, denn bis neun Uhr würde sie es nicht schaffen.

Hermine war in Gedanken, sie hoffte, auf dem zweiten Handy noch weitere Informationen zu finden. Hoffentlich behielt sie Recht.

Um kurz vor neun saßen Hermine, Manuel und Klaus-Peter Hallmann im Besucherzimmer des Untersuchungs-gefängnisses zusammen.

»Herr Hallmann«, begann Manuel Fechtner, »Frau Hill und ich suchen momentan nach Beweisen, um Sie und Henriette Obermeier zu entlasten.«

»Damit fangen sie aber früh an«, kam die prompte Antwort.

»Herr Hallmann«, versuchte es Hermine. »Ich kann Ihre Verbitterung verstehen. Ihr Anwalt Herr Fechtner hat uns neue Indizien geliefert, die darauf schließen lassen, dass Ihre Frau noch ein zweites Handy hatte.«

»Und wenn, was soll das beweisen?«

»Das wissen wir jetzt noch nicht, aber es besteht für Sie die Chance, dass Sie entlastet werden könnten.«

»Frau Hill hat Recht, Herr Hallmann. Ich werde bei den weiteren Ermittlungen dabei sein. Vertrauen Sie uns.«
Hallmann begann zu überlegen und Hermine und Manuel sprachen kein Wort.

»Als die ersten Mobiltelefone auf den Markt kamen, schenkte ich meiner Frau ein Prepaid Handy ohne Vertrag. Monate später bekamen wir beide Handys von unseren Arbeitgebern gestellt und als sich Christiane selbstständig gemacht hatte, konnte sie Vertrag und Handy ihres alten Arbeitgebers übernehmen. Da meine Frau früher oft mit dem Auto auf Reisen war, hatte sie ihr altes Prepaid Handy als Notfallhandy im Handschuhfach ihres Autos. Ob es da noch ist, weiß ich nicht.«

»Im Auto Ihrer Frau haben wir nichts gefunden«, antwortete Hermine resigniert.

»Herr Hallmann, bevor Sie den Wandtresor hatten, gab es da vielleicht ein Versteck in Ihrem Haus, wo sie wichtige Dokumente, Sparbücher oder andere Wertsachen versteckt hatten?« fragte Manuel.

Hallmann begann wieder zu überlegen.

»Stimmt, hatten wir. Im Kelleraufgang ist eine Wandvertäfelung, mit etwas Geschick kann man die rechte Seite abnehmen, in einem Hohlraum hatten wir damals unsere Wertsachen versteckt.«

Hermine, rief in ihrem Laptop den Bericht der Spurensicherung auf. »Bingo! Gutes Versteck, Herr Hallmann. Das haben meine Kollegen nicht gefunden.«

Hermine und Manuel machten sich sofort auf den Weg zu Hallmanns Haus. Sie machten einen kleinen Zwischenstopp an der Grundschule, um den Wohnungsschlüssel zu holen und fuhren dann weiter auf einen kleinen Waldweg unmittelbar hinter Hallmanns Grundstück. Sie wollten von den Nachbarn nicht gesehen werden und betraten durch die Kellertür das Haus. Es roch muffig, aber zum Lüften hatten sie keine Zeit. Sie gingen zum Treppenaufgang und standen vor der Holzvertäfelung. Manuel schaute sich nach Werkzeug um, aber Hermine stoppte ihn. »Das Versteck muss sich ohne Werkzeug öffnen lassen. Das wäre sonst viel zu umständlich, um dort Sachen herein oder herauszuholen.«

Sie suchten weiter nach einem Mechanismus und fanden nach einiger Zeit einen winzig kleinen, versteckten Haken zwischen zwei Holzfugen. Manuel hatte einige Mühe, die Holzvertäfelung zu entfernen. Im Hohlraum fanden sie ein altes Handy. Hermine zog sich Handschuhe an und schaltete das Handy ein.

»So ein Mist, PIN-Eingabe! Und nun?«

»Die meistgenutzte PIN ist viermal die Null«, bemerkte Manuel.

Hermine gab vier Nullen ein und das Menü im Handy erschien. »Manuel, willkommen im Club der Polizei!« rief Hermine erleichtert. Sie wählte letzte Kontakte und fand die Rufnummern von Notar und Scheidungsanwalt. Dann wählte sie letzte SMS-Einträge.

»Aber Hallo, hier steht als letzter Eintrag, am Sonntag, ein Tag vor ihrem Tod, „Komm morgen früh um halb sieben zur Weggabelung nach Niederheide!" Die Rufnummer kenne ich aber nicht.«

»Wählen Sie die Nummer doch einfach«, rief Manuel.

»Nein, das mache ich nicht, wir wollen doch niemanden warnen. Ich lasse die Nummer in Köln über meine Kollegen prüfen.« Die Antwort aus Köln ließ nicht lange auf sich warten und als Hermine den Namen hörte, legte sie auf und ließ sich überrascht auf die Kellertreppe plumpsen.

»Es ist die Mobilfunknummer von Heinz Feldmann.« Manuel war genauso überrascht und setzte sich neben Hermine. Beide schwiegen ein paar Minuten, dann fragte Manuel »Fahren wir jetzt sofort zu Feldmanns?«

»Nein, auf keinen Fall! Wir können ihm nichts beweisen, laut Zeugenaussage stand er am Montagmorgen um sieben Uhr unter der Dusche und seine Frau hat das auch bestätigt. Ich habe da eine andere Idee, wir fahren zum Präsidium.«

Hermine und Manuel betraten um kurz vor eins das Büro von Hans Steiner. Die Männer begrüßten sich und Hermine berichtete von den Geschehnissen am Vormittag.

»Moment mal, Hermine«, unterbrach Hans Steiner. »Du willst mir doch jetzt nicht sagen, dass du zusammen mit Herrn Fechtner bei Hallmanns dieses Versteck gesucht hast?«

»Hans, ich weiß was du sagen willst, aber das ist der Deal mit Herrn Fechtner. Er hat uns nicht in die Pfanne gehauen und dafür darf er an den Ermittlungen teilhaben.«

Hans Steiner grinste. »Na dann, Willkommen im Club, Herr Fechtner, aber nur vorläufig.«

Als Hermine mit ihrem Bericht fertig war, ergriff Hans Steiner wieder das Wort. »Sehr gute Arbeit, jetzt haben wir den Köder.«

»Um vierzehn Uhr treffe ich mich im Konferenzraum mit dem Leiter der Burscheider Wache und Staatsanwalt Sippel. Hermine, lade bitte Paul Strawinski unter einem Vorwand für fünfzehn Uhr hier ins Präsidium ein.«

Steiner merkte wie Manuel durchatmete »Herr Fechtner, Sie hätte ich fast vergessen. Wir beide haben keinen Deal, Sie müssen draußen bleiben. Am besten fahren Sie nach Hause und warten auf Hermines Anruf.« Manuel verabschiedete sich mit einem gequälten Lächeln.

VIERUNDZWANZIG

Lothar Burger, der Leiter der Burscheider Wache, war auf dem Weg ins Polizeipräsidium in Köln. Was ihm Hauptkommissar Steiner am Telefon vorhin mitgeteilt hatte, machte ihn wütend. Zwei Jahre vor seiner Pensionierung hatte er einfach keine Lust, einen seiner Leute in die Pfanne zu hauen. Er hatte schon viel in seiner Dienstzeit erlebt, nicht umsonst hatte er schon graue Haare und ein Magengeschwür. Aber dass einer seiner Leute Dienstgeheimnisse in einem Mordfall weitergegeben hatte, das war ihm bisher erspart geblieben.

Zuerst hatte er sich den Dienstplan des betreffenden Tages herausgesucht. Strawinski, Zabel und Kurze hatten um sechs Uhr morgens den Dienst in der Wache begonnen und waren nach Eingang des Notrufs sofort losgefahren. Eine Mittäterschaft konnte man zumindest ausschließen. Lothar Burger mochte Paul Strawinski, der vor anderthalb Jahren in Burscheid angefangen hatte. Er war ruhig und sachlich. Mit seiner pfiffigen Art hatte er schon so manche Ermittlung in die richtigen Bahnen gelenkt. Was war nur in den Jungen gefahren, interne Ermittlungsergebnisse an seine Ziehmutter weiterzugeben, zumal diese unmittelbar am Fall beteiligt war. Im Konferenzraum machte er sich mit Hans Steiner und Staatsanwalt Sippel bekannt.

»Ich kenne den Jungen seit anderthalb Jahren, guter Mann, ich weiß nicht was ihn geritten hat«, startete Lothar Burger.

»Wir werden gleich sehen wie er auf die Anschuldigungen reagiert und ob er einsichtig ist. Wenn er uns dann noch hilft, den Fall endgültig aufzuklären, kommt er vielleicht im Disziplinarverfahren mit einer Verwarnung davon. Aber einen Knick in seiner Polizeikarriere wird es schon geben«, antwortete Staatsanwalt Sippel.

Um fünfzehn Uhr holte Hermine Paul Strawinski am Empfang des Polizeipräsidiums ab und betrat mit ihm den Konferenzraum. Paul reagierte überrascht so viele Leute zu sehen und begrüßte seinen Chef Lothar Burger und danach stellte er sich Steiner und Sippel vor. Sie nahmen alle am Tisch wieder Platz.

Hans Steiner fing ohne die üblichen Floskeln direkt mit der Befragung an, »Herr Strawinski, wie gut kennen Sie Liselotte Reimann?«

Paul Strawinski wurde blass im Gesicht und trank hastig einen Schluck Wasser, »sie ist meine Tante, besser gesagt seit meinem fünften Lebensjahr auch meine Mutter.«

»Warum haben Sie das bei Ihrem Einsatz nicht erwähnt und was haben Sie Ihrer Tante oder auch Mutter so alles erzählt?« Paul wurde nervös. »Meine Eltern sind bei einem Autounfall ums Leben gekommen als ich fünf Jahre alt war. Liselotte ist die Schwester meiner Mutter und hat mich mit ihrem Mann großgezogen. Ich war ihr Sohn, sie haben alles für mich getan. Vor zwei Jahren ist mein Onkel gestorben und seitdem besuche ich meine Tante mindestens zweimal die Woche. Ich möchte ihr das zurückgeben, was sie für mich getan hat. Als der Einsatz in Niederheide kam, war ich stolz, Teil des Ermittlerteams zu werden. Ich habe mich voll reingehängt und glaube, dass ich auch gute Arbeit geleistet habe.«

Hermine nickte zustimmend. »Wenn ich dann abends zum Essen bei meiner Tante war, habe ich ihr auch das ein oder andere gesagt, allerdings hatte sie mir versprochen, niemandem etwas davon zu erzählen.«

»Das ist allerdings voll in die Hose gegangen«, ergriff Hans Steiner das Wort. »Ganz Oberheide wusste anscheinend Bescheid über unsere Ermittlungsergebnisse und geplanten Hausdurchsuchungen. Vermutlich wurden Herr Hallmann und Frau Obermeier unschuldig verhaftet.«

Paul Strawinski schossen Tränen in die Augen, er wusste was jetzt auf ihn zukam und wandte sich an seinen Chef.

»Herr Burger, darf ich mich von meinen Kollegen noch verabschieden?«

»Nicht so schnell, mein Freund«, unterbrach Hans Steiner.

»Vorher können Sie noch etwas gutmachen. Sie fahren jetzt im Anschluss an unser Gespräch sofort zu Ihrer Tante und erzählen Ihr, dass am Mittwochmorgen eine weitere Hausdurchsuchung bei Hallmanns geplant ist. Die Polizei würde vermuten, dass hinter einer Holzvertäfelung im Keller ein zweites Handy von Christiane Hallmann mit Hinweisen auf den wahren Mörder zu finden ist. Kriegen Sie das hin, ohne dass Ihre Tante etwas merkt?«

»Ja, das schaffe ich schon. Und dann?«

»Und dann«, fuhr Lothar Burger fort, »kommen Sie zu mir auf die Wache, geben Waffe und Dienstausweis ab, fahren nach Hause und halten Ihre Füße so lange still, bis ich mich melde!«

Paul Strawinski und Hermine verließen gemeinsam das Polizeipräsidium. Paul hatte sich mittlerweile etwas gefangen und entschuldigte sich bei Hermine. Ohne eine Reaktion von Hermine abzuwarten, drehte er sich um und ging zu seinem Wagen. Hermine schaute ihm nach. Sie merkte, dass er sich für sein Handeln schämte und wollte ihn in dem Moment nicht noch mehr Vorwürfe machen.

Auf dem Weg nach Dhünn rief sie Manuel Fechtner an und bat ihn, um achtzehn Uhr zum Büro in der Grundschule zu kommen.

Peter Zabel und Monika Kurze waren überrascht, wütend und enttäuscht zugleich, als Hermine die ganze Geschichte, angefangen von ihrem Gespräch im Café Zahm bis heute Nachmittag in Köln erzählte.

Wenn alles funktionierte, würde Liselotte Reimann ihren Freundinnen heute Abend noch von der bevorstehenden Hausdurchsuchung erzählen. Um Heinz Feldmann genügend Zeit für einen Besuch bei Hallmanns einzuräumen, war der Hausdurchsuchungstermin bewusst auf Mittwochvormittag gelegt worden. Hermine und Manuel würden bereits die kommende Nacht im Haus auf Feldmann warten und Peter Zabel und Monika Kurze den ganzen Dienstag über. Der Zugang zu Hallmanns Haus sollte unauffällig über den hinteren Kellereingang erfolgen.

Sie saßen noch länger zusammen und sprachen über Paul Strawinski. Weder Peter noch Monika hatten irgendwie mitbekommen, dass Paul in Oberheide bestens bekannt war.

Allerdings hatte Paul auch einige Sonderaufgaben bekommen und war dadurch bei den Zeugenvernehmungen nicht immer anwesend, außerdem waren die Frauen ja auch nie sehr gesprächig gegenüber der Polizei gewesen.

Liselotte Reimann traf aufgeregt um achtzehn Uhr mit Sammy bei ihren Freundinnen vor dem Haus der Feldmanns ein.

»Leute, ihr glaubt nicht, was los ist. Aber die Polizei plant am Mittwochmorgen nochmals eine Hausdurchsuchung bei Hallmanns.«

»Nee, warum das denn? Die haben doch schon alles auf den Kopf gestellt bei denen«, entgegnete Gisela Schmidt.

»Und warum nicht morgen früh, finden dienstags keine Hausdurchsuchungen statt?« fragte Ingrid Müller.

»Das habe ich meinen Bub doch auch alles gefragt. Also, dass die Mittwochmorgen erst hingehen, hat wohl mit der Bürokratie zu tun. Die vermuten, dass die Hallmann ein zweites Handy hatte, und der Hallmann hat denen gesagt, dass sie ihre Wertgegenstände früher immer hinter einem

Bretterverschlag im Keller versteckten, bevor sie sich einen Wandtresor gekauft haben.«

»Und warum sagt der Hallmann das mit dem Versteck?« fragte Josepha Rodrigues.

»Dem geht bestimmt der Arsch auf Grundeis«, antwortete Carmen Friedrichs, »der hofft bestimmt, dass die Polizei noch eine andere Spur findet, sonst geht der für fünfzehn Jahre in den Knast. Elfie, zieh nicht so an der Leine, Mutti geht gleich mit dir.«

»Ihr kommt am Mittwoch zum Frühstück auf meine Terrasse, von da aus können wir alles gut mitbekommen, wenn die Polizei die Hausdurchsuchung macht. Mit den Hunden können wir schon eine Stunde früher losgehen, dann verpassen wir auch nichts«, lud Gudrun Petersen ihre Freundinnen ein. Alle nickten freudig und Liselotte Reimann sagte, »ich bring noch eine Flasche Sekt mit.«

Die Hundefrauen zogen mit ihren schwanzwedelnden Lieblingen in den Wald während sich die Gardine am Küchenfenster der Feldmanns leicht bewegte.

FÜNFUNDZWANZIG

Hermine und Manuel erreichten das Haus von Hallmanns, wie bereits am Vormittag, durch den rückwärtig gelegen Garten und den Kellereingang. Im Keller roch es immer noch muffig und es war auch sehr ungemütlich. Sie beschlossen, im Wohnzimmer ihr Quartier zu beziehen. Die Kellertür lag, nur durch einen schmalen Flur getrennt, direkt gegenüber der Wohnzimmertür. Hermine fand im Keller noch leere Konservendosen und platzierte diese über den Boden verteilt bis zum Bretterverschlag. Den nächtlichen Besucher würden sie dadurch nicht überhören. Manuel war hocherfreut über Hermines Anruf am Nachmittag gewesen und hatte beiden eine Familienpizza vom Italiener mitgebracht, der Abend konnte seht lang werden. Im Keller von Hallmanns fand er eine Flasche Rotwein und bereitete auf dem Esstisch das Abendessen vor. Durch die heruntergelassenen Jalousien drang noch spärlich Licht. Auch hier roch es muffig aber hinter den geschlossenen Jalousien merkte niemand von draußen die geöffneten Fenster.

»Manuel, hätte mir letzte Woche jemand gesagt, dass wir beide ein romantisches Abendessen haben, hätte ich denjenigen für verrückt erklärt«, lachte Hermine und ergänzte, »übrigens das mit dem Rotwein, das nennt man Diebstahl oder zumindest Mundraub, als Anwalt sollten Sie das wissen!«

»Ich bezweifele, dass Herr Hallmann seinen Rotweinbestand geprüft hat, bevor Sie ihn wegen nichts und wieder nichts verhaftet haben, Frau Oberkommissarin«, kam postwendend die Antwort. »Was war das eigentlich heute Morgen für eine Nummer in der Bäckerei mit Ihrer ehemaligen Nachbarin, Zickenkrieg?«

»Das geht Sie gar nichts an, wir sind hier, um zu arbeiten und nicht zum Kaffeeklatsch. Wie war denn Ihr Wochenende, zum Zuge gekommen?«

»Da verweigere ich mal die Aussage und ansonsten sage ich nur: Kaffeeklatsch«, antwortete Manuel und beide fingen leise an zu lachen.

»Danke für die Pizza, schmeckt echt lecker.«

»Freut mich. Glauben Sie, Heinz Feldmann kommt heute Nacht, um das Handy zu holen? Und wenn, was beweist es?«

»Wenn er kommt, dann wird die SMS an ihn auch irgendeine Bewandtnis haben. Vielleicht hatte Frau Hallmann Angst und hat die Pistole zum Treffpunkt mitgenommen.«

»Oder Feldmann hat sie erpresst und sie wollte ihn erschießen«, bemerkte Manuel.

»Oder, beide waren ein Paar, Herr Hallmann wusste das und hat seine Frau erschossen, Feldmann fand die Leiche und ist schnell nach Hause gelaufen und hat den treusorgenden Ehemann unter der Dusche gespielt«, überlegte Hermine laut.

»Was dann?«

»Dann sieht es für Hallmann wieder schlecht aus.«

»Ich habe auch nicht verstanden, warum Herr Feldmann mir von Frau Reimann erzählt hat, letztendlich hat er sich dadurch eventuell selbst verraten.«

»Manuel, das habe ich auch nicht verstanden, aber ich glaube Feldmann fühlte sich in dem Gespräch mit dir so selbstsicher, dass er einfach unüberlegt gequatscht hat.«

Hermine und Manuel diskutierten den ganzen Abend, vermieden es aber, das Licht anzumachen. Es war Vollmond und die Ritzen in den Jalousien boten spärlich Licht. Manuel übernahm die erste Wache und Hermine versuchte auf der Couch ein wenig zu schlafen. Um zwei Uhr legte sich Manuel hin und Hermine hielt Wache.

Gegen vier Uhr hörte sie wie jemand einen Schlüssel in der Kellertür steckte und aufschloss.

Sie weckte Manuel und beide gingen auf Zehenspitzen in den Keller. Sie sahen den Lichtkegel einer Taschenlampe. Hermine betätigte den Lichtschalter im Kelleraufgang und rief, »Hände hoch, Polizei!«

Das Licht im Keller flammte auf und alle starrten verwirrt. Der Einbrecher stand im Raum, dunkle Jeans, dunkler Pullover, dunkles Tuch im Gesicht und rosa Spülhandschuhe aus Gummi an den Händen.

»Frau Feldmann, was machen Sie denn hier!« rief Hermine überrascht. »Sie wollen doch jetzt nicht die Blumen Ihres Nachbarn gießen, oder?«

Marlene Feldmann war völlig perplex, als das Licht anging. Sie ging einen Schritt zurück als die Polizistin und der Mann die Kellertreppe herunterkamen. Sie wusste im ersten Moment nicht was sie sagen sollte und stammelte nur »Den Schlüssel von Hallmanns haben wir schon immer, um im Urlaub nach dem Rechten zu sehen und um Blumen zu gießen.«

Dann fiel sie in sich zusammen und fing dann an zu schreien »Ich bin für den Tod von Christiane Hallmann verantwortlich! Ich! Ich!« Dann begann sie zu weinen.

Nachdem sich Marlene Feldmann wieder etwas gefangen hatte, sagte sie, »Frau Hill, ich werde alles erklären auch ohne Anwalt, aber lassen Sie uns bitte zu mir nach Hause gehen, ich möchte, dass mein Mann bei der Aussage dabei ist.«

Hermine kam der Bitte nach. Sie saßen gegen fünf Uhr morgens bei Feldmanns in der Küche, als Herr Feldmann, den seine Frau kurz zuvor geweckt hatte, hereinkam. »Was ist denn hier los? Frau Hill, Herr Fechtner, was wollen Sie hier?« fragte Heinz Feldmann, noch vom Schlaf benommen.

»Herr Feldmann, wir haben Ihre Frau vorhin im Keller von Hallmanns überrascht und sie hat die Tötung an Christiane Hallmann gestanden«, antwortete Hermine.

»Marlene, du sagst jetzt nichts mehr, wir warten auf unseren Anwalt!«

»Heinz, lass gut sein, ich habe schon viel zu lange geschwiegen, ich muss es jetzt rauslassen, ich kann nicht mehr. Herr Fechtner, ich dachte zuerst, Sie wären ein Kollege von Frau Hill. Sie sind doch Anwalt, mein Mann erzählte mir von Ihrem Besuch letzte Woche. Können Sie mich nicht vertreten, wo Sie schon mal hier sind?«

»Frau Feldmann, das geht leider nicht, ich vertrete im Todesfall Christiane Hallmann bereits Herrn Hallmann.«

»Es ist Ihre Entscheidung, ob Sie ohne Anwalt weitersprechen wollen.«

Marlene Feldmann schaute zuerst ihren Mann und dann Hermine und Manuel an und begann zu sprechen. Hermine betätigte die Aufnahmetaste an ihrem Handy.

»An dem Sonntagabend, bevor Christiane starb, brummte das Handy. Mein Mann und ich haben das gleiche Handy und beide lagen nebeneinander. Ich schaute nach und sah auf dem Display „Komm morgen früh um halb sieben zur Weggabelung nach Niederheide!", die Rufnummer sagte mir nichts. Auf einmal merkte ich, dass das Handy von meinem Mann war. Im ersten Moment wollte ich ihn zur Rede stellen, aber dann überkam mich die Neugierde und ich löschte die SMS. Ich konnte einfach nicht glauben, dass mein Mann vor mir Geheimnisse hatte oder vielleicht eine Geliebte. Das er in den letzten Wochen komisch war, war mir nicht entgangen.

Ich dachte es lag an unseren unterschiedlichen Meinungen über die Zukunft der Druckerei. Ich wollte unseren Anteil lieber verkaufen und Heinz wollte unbedingt weitermachen und investieren.«

»Wir stritten deshalb schon einige Wochen, aber ich hatte nachgegeben. Und dann diese SMS, ich wollte wissen wer dahintersteckte. Heinz schläft nachts tief und fest und wenn er zu laut schnarcht, dann ziehe ich um in mein Arbeits – und Bastelzimmer und schlafe dort auf meiner Bettcouch. Um vier Uhr nahm ich mein Bettzeug und zog um.

Bis sechs Uhr lag ich wach und überlegte was ich machen sollte. Ich zog mich dann an und schlich durch den Kellerausgang aus dem Haus und ging in den Wald. Ich war völlig überrascht Christiane und Jette anzutreffen. Sie fuhr mich wie eine Furie an „Wo ist Dein Schlappschwanz von Mann, traut er sich nicht?" Ich fragte sie, was sie von ihm wolle. „ Ach nee, hat er dir das nicht gesagt „ und dann holte sie auf einmal eine Waffe aus ihrer Jackentasche.«

»Christiane wurde immer hysterischer und ich verstand kein Wort von dem was sie sagte. Ich wollte gehen und sie rief „Bleib stehen, du blöde Kuh" und trat mit der Waffe auf mich zu. Ich bekam panische Angst und habe versucht ihr die Waffe zu entreißen. Wir rangelten und auf einmal löste sich der Schuss und sie lag mit einem Loch im Kopf auf dem Rücken vor mir. Dann fletschte Jette ihre Zähne und fing fürchterlich an zu knurren. Ich bekam Angst und erschoss den Hund. Danach habe ich erst begriffen was überhaupt passiert war und bin in Panik quer durch den Wald nach Hause gelaufen.«

»Warum haben Sie die Geschosshülsen mitgenommen?« hackte Hermine nach.

»Das war reiner Reflex, wenn ich Abfall im Wald sehe, nehme ich den auch immer mit nach Hause und entsorge den über die Mülltonne. So habe ich das auch mit den Patronenhülsen gemacht.«

»Und dann?«

»Im Keller habe ich erst gemerkt, dass ich noch die Pistole hatte und hab die dann versteckt. Ich bin dann leise am

Badezimmer vorbeigehuscht und hörte meinen Mann duschen. Als ich oben in meinem Zimmer war, habe ich den Schlafanzug angezogen und Baldrian zur Beruhigung geschluckt.

Zehn Minuten später stand ich in der Badezimmertür und hab Heinz begrüßt.«

»Was wollte Frau Hallmann mit der Pistole im Wald, können Sie sich nicht doch noch an das ein oder andere Wort erinnern?« fragte Hermine behutsam nach.

»Ich glaube ich kann da weiterhelfen«, mischte sich Heinz Hallmann mit geröteten Augen ein.

»Das diesjährige Osterfeuer stand unter keinem guten Stern, Henriette hatte sich mit ihrem Mann gestritten, Christiane und Klaus-Dieter Hallmann waren zerstritten und Marlene und ich hatten uns auch gestritten, mal wieder wegen der Druckerei. Ich bin dann alleine zum Osterfeuer gegangen und habe mit Christiane einiges getrunken. Sie ist dann gegangen und ich wollte auch nach Hause. Unterwegs schlug sie vor noch einen Absacker auf der Terrasse zu trinken. Es wurden mehrere Absacker und auf einmal sind wir bei Hallmanns im Gartenhaus gelandet und hatten Sex. Ich habe mich am nächsten Tag sehr schlecht gefühlt und die Affäre sofort beendet. Christiane wollte es auch nicht an die große Glocke hängen. Vor ungefähr einen Monat rief Christiane mich dann an und wollte dringend mit mir sprechen, ich dachte schon sie wäre schwanger. Wir trafen uns an der Weggabelung und sie war sehr aggressiv. „Wenn du nicht willst, dass deine Frau von unserer Nummer in der Gartenlaube erfährt, dann musst du etwas für mich erledigen." Ich fragte, was sie wolle. „Du musst meinen Mann umbringen! " Ich war total geschockt und habe mich natürlich geweigert.«

„Überlege es dir gut. Du wirst ihn erschießen und deine Frau wird nie etwas von uns erfahren. Du bekommst sogar noch zwanzig Tausend Euro als Belohnung obendrauf. "

Ich habe ihr gesagt, dass ich das nicht machen werde und auch gar keine Pistole habe. Sie sagte nur „Um die Pistole brauchst du dir keine Sorgen machen. Ich melde mich nochmal und überlege dir bis dahin gut was du dann tun willst. "

Das letzte was ich von Christiane gehört habe, war die Nachricht von ihrem Tod.«

»Marlene, ich wollte dir alles beichten, aber als Christiane tot war, war ich erleichtert und wollte nicht riskieren dich doch noch zu verlieren.«

»Frau Feldmann, warum haben Sie die Waffe Herrn Hallmann untergeschoben?« hakte Hermine nach.

»Als Sie uns in der Druckerei besucht haben, dachte ich schon jetzt ist alles aus. Denn Sie mussten ja auf dem Handy von Christiane die SMS an meinen Mann gefunden haben.

Aber Sie sprachen uns darauf nicht an und ich war erst mal erleichtert. Dann hörten wir zwei Tage später beim Abendbrot in der Küche die Hundefrauen sagen, dass man bei Hallmanns eine Hausdurchsuchung für den nächsten Morgen plant, um eine Waffe zu suchen und dass die Auswertung von Christianes Laptop und Handy nichts ergeben hätte. Ich war sehr erleichtert und bin dann nachts raus und habe die Pistole dann bei Hallmanns im Gartenhaus versteckt. Als ich dann am nächsten Tag von der Verhaftung von Klaus-Peter und Henriette gehört habe, habe ich erst begriffen welch großen Fehler ich gemacht hatte. Seitdem habe ich keine Nacht mehr ruhig geschlafen und immer gehofft, dass die beiden wieder freikommen.«

»Und warum haben Sie heute Nacht versucht das Zweithandy von Christiane Hallmann an sich zu bringen?« bemerkte Hermine.

»Ich wollte meinen Mann mit der SMS konfrontieren und wissen, warum Christiane ihn treffen wollte. Ich hätte mich dann noch heute bei der Polizei gestellt. Das müssen Sie mir bitte glauben.«

»Frau Feldmann, ich nehme Sie jetzt vorläufig fest. Sie werden beschuldigt Christiane Hallmann getötet zu haben.«

Danach rief Hermine zwei Streifenwagen und ließ Herrn und Frau Feldmann zur weiteren Vernehmung getrennt nach Köln bringen.

Hermine und Manuel standen vor dem Haus der Feldmanns noch ein paar Minuten zusammen.

Es war kurz nach sechs Uhr, der leichte Frühnebel würde sich in den nächsten Minuten verzogen haben. Von den Hundefrauen war Gott sei Dank noch nichts zu sehen.

»Ich bin noch immer über das Erscheinen von Frau Feldmann überrascht«, fing Manuel an »Mit ihr hatte ich heute Nacht in Hallmanns Haus am wenigsten gerechnet.«

»Das geht mit genauso«, antwortete Hermine »aber ich bin froh, dass unsere Taktik mit Frau Reimann aufgegangen ist. Wir hätten den Fall sonst nicht lösen können. Manuel, nochmals vielen Dank für Ihre Hilfe. Ich fahre jetzt ins Präsidium nach Köln und werde die Entlassung von Herrn Hallmann und Frau Obermeier beantragen.«

»Danke, ich möchte mich auch bei Ihnen bedanken, Hermine, dass Sie Ihr Wort gehalten und mich mit in die Ermittlungen einbezogen haben. Ich rufe jetzt Alfred Urbinski an und kündige ihm die Entlassung seiner Mandantin an. Und wenn Sie mal einen richtig guten Rechtsanwalt brauchen, Sie haben ja meine Handynummer.«

Beide fingen an zu lachen, auch wenn es ihnen nach der anstrengenden Nacht ein wenig schwer viel.

SECHSUNDZWANZIG

Auf dem Weg zum Präsidium rief Hermine Björn Freitag an und bat ihn, die Spuren im Keller der Hallmanns zu sichern und sich das Versteck nochmals genauer anzuschauen.

Im Präsidium angekommen informierte sie sofort Staatsanwalt Sippel und Hans Steiner über die Wende im Fall Hallmann.

Der Staatsanwalt veranlasste umgehend die Freilassung von Henriette Obermeier und Klaus-Peter Hallmann. Henriette Obermeier bat ihren Anwalt Alfred Urbinski, sie abzuholen und nach Hause zu bringen. Dort packte sie ihren Koffer und die Koffer ihrer Kinder, die sie danach am Kinderhort abholte, um mit ihnen gemeinsam zu ihren Eltern zu fahren.

Klaus-Peter Hallmann erfuhr von Manuel Fechtner die wahren Hintergründe über den Tod seiner Frau und war erschüttert. Er ging mit Manuel Fechtner ausgiebig frühstücken und wollte sich dann in den nächsten Tagen um die Beisetzung von Christiane und den anfallenden Schreibkram kümmern. Aber zuerst informierte er seinen Arbeitgeber, dass er nach dem Urlaub wieder zur Arbeit käme.

Hermine war den ganzen Tag mit den nochmaligen Vernehmungen von Marlene und Heinz Feldmann beschäftigt. Marlene Feldmann kam danach in vorläufige Untersuchungshaft. Hermine war schon fast auf dem Heimweg, als Björn Freitag zu ihr kam. »Wir haben uns das Versteck hinter der Bretterverkleidung nochmals angeschaut und dieses Tagebuch von Christiane Hallmann gefunden. Es sind nur ihre Fingerabdrücke drauf. Du kannst es sofort mitnehmen, wenn du möchtest.«

Hermine saß zuhause auf ihrem Balkon und las das Tagebuch. Die letzten Seiten waren vom Hass Christiane Hallmanns gegenüber ihrem Mann geprägt. Als er ihr den Hund schenkte war ihr klar, dass er kein Interesse hatte ein Kind zu adoptieren. Die überraschende Erbschaft wollte sie nutzen um nochmals woanders, ohne ihren Mann, von vorne zu beginnen. Als der Scheidungsanwalt ihr dann die finanziellen Aussichten einer Scheidung nannte, stand ihr Entschluss fest, ihren Mann umzubringen und Heinz Feldmann sollte dieses für sie erledigen.

Hermine war ergriffen von dem was sie las. So eine traurige und hasszerfressene Frau, Opfer und Täter in einer Person.

Hermine legte das Tagebuch auf Seite und rief Lukas an.

»Hallo Hermine, Fall gelöst?«

»Ja. Lukas, du hattest recht, ich habe gestern die Lebensgefährtin deiner Nachbarin kennengelernt, es tut mir leid, dass ich dich verletzt und dir nicht vertraut habe. Können wir uns Samstag sehen, wenn du aus Brüssel zurück bist?«

SIEBENUNDZWANZIG

Es war halb sieben Uhr morgens, Heinz Feldmann stand unter der Dusche, das letzte Mal in diesem Haus. Er blickte zurück auf die letzten Monate. Bei der Tatortbegehung wurde der Tathergang rekonstruiert und Marlene konnte damit beweisen, dass sie in Notwehr gehandelt hatte. Die fehlende Kugel fand man in vier Meter Höhe in einem Ast. Der Anwalt hatte es geschafft, das Marlene nicht länger in Untersuchungshaft bleiben musste, da sie sich jetzt nur noch für Vertuschung einer Straftat verantworten musste. Marlene war nie mehr nach Oberheide zurückgekehrt und hatte die Zeit bis zum Prozess in der Ferienwohnung ihrer Schwester in Wipperfürth verbracht.

Er hatte Marlene dort oft besucht und sie wollten gemeinsam nochmals von vorne anfangen. Die Anteile an der Druckerei verkaufte er seinem Partner Wolfgang Leber, er selbst würde als Handelsvertreter Druckaufträge generieren. Das Haus in Oberheide konnten sie gut verkaufen und von dem Erlös ein neues Haus in der Nähe von Aurich erwerben. So waren sie endlich in der Nähe von ihren Kindern und Enkelkindern, so wie es sich seine Frau schon lange gewünscht hatte. Der Prozess gegen Marlene endete mit einer Bewährungsstrafe. Klaus-Peter Hallmann verzichtete auf einen Zivilprozess, nicht zuletzt deswegen, weil Heinz Feldmann ihn davon überzeugen konnte, dass Marlene letztendlich Klaus-Peter Hallmann das Leben gerettet hatte. Feldmann hörte von unten die Hundefrauen.

»Guten Morgen Carmen. Na, hat deine sensible Elfie ihr Geschäft heute schon gemacht?«

»Ach Liselotte, was macht eigentlich dein Paul, lange nicht gesehen?«

»Mein Paul ist jetzt Leiter der Polizeiwache auf Baltrum.«